二見文庫

僕が初めてモテた夜

睦月影郎

目次

僕が初めてモテた夜

第一章　美しい花には歯が

1

（今日こそは、思い切って告白しよう……！）

幹男《みきお》は決意を固め、歴史サークルのある棟に入っていった。

そろそろ〝憧れの君〟が出て来る頃で、そこを見計らって熱く切ない胸の内を打ち明けようと思ったのである。

根本《ねもと》幹男は十九歳の大学二年生。あと数日で二十歳となってしまうが、未だに女性と付き合ったことがなく、ファーストキスどころか手さえ握ったことのない完全無垢な童貞であった。

専攻は日本史で、将来は歴史の教師が志望であるが、果たして生徒の前で講義など出来るかどうか、心許ないほどシャイな性格である。

いや、消極的なだけではなく、勉強はそこそこ出来るがスポーツはからきしダメで、友人も少なく、読書と妄想が趣味のせいか体重もいつの間にか百キロに迫っていた。

何とか運動をして痩せようと思いつつ、動くのが嫌いなため、どんどん体重が増えていったのである。

しかし二十歳を目前に自分を変えようと決心し、それで憧れの君に告白をし、それを切っ掛けに運動もしなければと思っていた。

憧れの君とは、同じ二年生で二十歳になったばかりの深田香凜《ふかだかりん》。

長い黒髪に色白の肌、目鼻立ちが整い、淑やかで清潔感に溢れる、正に深窓のお嬢様を絵に描いたような美女であった。

幹男は一年生の入学以来、この一年半の間ずっと思い続けてきたが、香凜に今まで男の影は全く見えなかった。

美人過ぎて、男の誰もが気後れし尻込みしてしまうタイプというのが、実際にいるのである。

中には剛の者がいてアタックを試みているようだが、誰もがすごすごと引き返し、諦めているらしい。

香凜は合コンなどにも顔を出したことがなく、あるいは処女ではないかという噂もあったが、とにかく誰がアタックしてもダメなら、自分も無理を承知で告白だけでもして、自分を変える転機にしようと思ったのだ。

そして告白した自分のダサい態度や体型に彼女が冷笑でもしたら、それはそれで無謀な恋を諦める切っ掛けにもなるだろう。

とにかく、読書と勉強と妄想の日々を送ってきた幹男は、中学高校時代も恋などしたことはなく、今こうして生まれて初めてリアルな恋をし、その結果を求めて突き進みはじめたのだった。

サークルの教室が見えてきた。幹男もメンバーの一人だが、香凜が目当てだと見え見えなので最近は顔を出していない。しかしいつも、そろそろ香凜が一人で出てくる頃というのは知っていた。

サークルはあまり熱心な学生もおらず、香凜は四年生の大迫《おおさこ》友里子《ゆりこ》と二人だけで熱心に話しているのが常だった。だから幹男も気が引けて、あまり行かなくなっていたのである。

友里子は遅くまで資料を読んでいるので、間もなく香凛だけ帰る時間だった。と、思っているうちにもドアが開いて、香凛が一人で出てこちらへ向かってきたのだ。

(よし!)

幹男は意を決し、緊張に歪んだ笑みを浮かべて香凛に近づいていった。

彼女も気づき、何? というふうに小首を傾げた。

「やあ、実はお話があるんだけど」

「ええ、何かしら」

言葉を嚙まないように気をつけて言うと、香凛も澄んだ眼差しを彼に向けて答えた。

(ああ、いま僕の姿が彼女の網膜に映っているんだ。網膜じゃなく処女膜が欲しい……)

わけの分からないことを思うと、急にしどろもどろになってしまい、

「その、あの、僕は、実は今までずっと……」

「いいわ、お茶飲みながらお話ししましょう」

彼が大汗かいてモジモジしていると、香凛が笑顔で言ってくれた。

「は、はいっ！」

彼は元気よく答え、なんて優しい人だと思いつつ一緒に棟を出て、学内にある喫茶店に入った。まさか、いきなりお茶が飲めるなど夢のようである。

窓際の席で向かい合わせに座ると、超美女とダサ男の組み合わせに何人かの学生が目を向けたが、すぐに自分たちの会話に戻り、聞き耳を立てているようなものはいない。

「実は、僕は君のことがずっと好きで、それを言いたくて」

「そう……、私は誰ともお付き合いする気はないわ」

言うと、彼女が答えた。

ある程度予想していたし、他に好きな男がいると言われるよりましだった。

そして、こうして二人で差し向かいで話しているだけでも一生の思い出になるだろうと思った。

何しろ彼女が笑みを浮かべているので、その顔を正面から見ているだけでも心が満たされるのだ。

もっとも彼は美しく輝くばかりの香凛が眩しくて、俯いてばかりであまり良く見ていないのではあるが。

「お付き合いは出来ないけれど、一つだけ願いを叶えてくれるのなら、セックスしてもいいわ」

「え……？」

意外な言葉に目を上げ、彼が思わず聞き返すと、そこへ二つのコーヒーが運ばれてきた。

「セ……」

「ええ、私まだしたことがないの」

「処……」

「ええ、ここまで言うのは根本君が初めて。他の人たちは、目に真剣さがなかったので冷たく断ってきただけなのだけど」

どうやら思い詰めた真剣さだけは伝わったようで嬉しかった。

「ひ、一つの願いって……」

「あなたなら口外しないと思うから打ち明けるわ」

香凜がコーヒーを一口すすって言うので、彼も身を乗り出して耳を傾けた。

「実は私、最初の男性と初体験を済ませたら、どうしても相手のペニスを嚙み切って食べてしまいそうなの」

「え……！」

あまりに突拍子もない話に、幹男は混乱しながら懸命に頭の中を整理した。

とにかく、香凜も初めて口にする内容らしい。

「私の膣には歯があって、感じると嚙み切るわ。有歯膣って聞いたことある？」

「ゆうしちつ……？　調べてもいい？」

スマホを出して訊くと彼女も頷いたので、急いで検索してみた。

「ヴァギナ・デンタタ……」

「そう、子宮嚢腫にも毛玉と一緒に歯が入っていることもあるので、全く有り得ないことではないでしょう。それに私は人ではなく、カーリーの化身」

「カ、カーリー……、うわ……」

その名も検索してみると、カーリーとはインドの女神でギラつく目をして青い肌に長い舌を出し、首や腰に男たちの生首やドクロを下げている恐ろしげな美女だった。

香凜の人並み外れた美しさは、この世のものではなかったからなのか。

（ど、どうしよう……、一度の体験でペニスを失う……）

幹男は迷った。

しかし、このまま一生童貞で終わるより、一度でも体験できるなら良いかも知れない。まして相手は超美女だ。

確かに今のままでは、誰ともセックスできない人生すら、充分に有り得る気がしているのである。

それに香凜は、幹男の真剣さを試しているのかも知れないとも思った。

(たとえペニスを食い千切られても睾丸が残れば性欲は湧き、小便できるのなら前立腺への刺激で射精快感も得られるかも知れない……)

幹男は、どんどん飛躍した方向に考えを巡らせた。

香凜は優雅にコーヒーを飲み終え、思い出したように幹男も冷めかけたコーヒーにミルクと砂糖を入れて一気にあおった。

「ゆっくり考えてもらっていいわ。このままでは、私も一生処女のままだから」

「いや、考えなくても答えは決まってる。たった一度でもいいから、君と一つになりたい」

香凜が言うと、幹男も意を決してそう答えていた。

「本当? 後悔しない? 人でないものと最初で最後のセックスをするなんて」

彼女が、念を押すように訊いた。

「うん、後悔しない。一度でも出来れば、あとはペニスなしでもずっと愛し合っていけると思う」

答えると、香凛は感動したように目を潤ませて立ち上がった。

「行きましょう。私の家へ」

言われて、幹男も慌てて立ち上がると香凛が二人分のコーヒー代を払ってくれた。二杯で八百円が、自分のペニスの値段のような気がした。

そして緊張と興奮に足取りをフワフワさせながら彼は香凛と大学を出て、彼女の停めたタクシーに乗り込んだのだった。

2

「すごい、こんな広い家に住んでるんだ……」

郊外にある古い洋館に来ると、幹男は室内を見回して感嘆した。

クラシックな家具と暖炉、レトロな佇まいで実に妖しい雰囲気が漂っていた。

香凛は、生まれがどこで親が何をしているかも全く言わない。さっきは話半分に聞いていたが、本当にインドの女神の化身なのかも知れないと思いはじめた。

その割りに顔立ちの彫りは深くなく、あくまで透けるほどに色白で和風の美女なのである。

とにかく香凜は大学に来て、初体験をする覚悟を持った男を探していたのかも知れない。

その眼鏡に適ったのは、やはり喜ぶべきだろう。

一回の体験でペニスを失うのではあるが、その決意をしたものだけが彼女に触れる資格がもらえるのである。

やがて彼は、奥にある香凜の部屋に招かれた。

そこには天蓋付きの大きなベッドが据えられ、室内には生ぬるく甘ったるい匂いが立ち籠めていた。

「あ、あの、僕は朝出がけにシャワーを浴びてきたので、君も今のままで構わないかな？」

幹男は胸を高鳴らせて言った。女体のナマの匂いを知るのも、長年の願望だったのだし、何しろ一度きりなのだ。

「ええ、大丈夫よ。それに、何をしても構わないから。じゃ脱ぎましょう」

香凜は答え、自分からブラウスのボタンを外しはじめた。

彼女もまた、長年憧れていた初体験への期待と興奮に、澄んだ眼をカーリーのようにキラキラ輝かせていた。

幹男も緊張に震える手で脱ぎはじめると、彼女は見る見る白い肌を露わにしてゆき、さらに濃く甘い匂いを揺らめかせた。

やがて香凛が一糸まとわぬ姿になり、ベッドに身を投げ出していった。

幹男も全裸になり、恐る恐るベッドに上った。

今まで全裸の女性など、グラビアかネットでしか見たことがない。それが今、目の前で息づいているのだ。

しかも、何をしても構わないというので、大いに期待と興奮は高まったが、さすがに緊張と恐怖でペニスは萎縮して、仮性包茎の亀頭も包皮の中で縮こまっていた。

とにかく白く形良い乳房に吸い寄せられるように屈み込み、薄桃色の乳首にチュッと吸い付いていった。

「ああ……」

香凛が小さく喘ぎ、ビクリと柔肌を緊張させた。幹男はコリコリと硬くなった乳首を舌で転がし、顔中を押し付けて柔らかな感触を味わった。

ほんのり汗ばんだ胸元や腋からは、何とも甘ったるい匂いが漂い、幹男はうっとりと酔いしれながら左右の乳首を交互に舐め、さらに腕を差し上げて生ぬるく湿った腋の下にも鼻を埋め込んでいった。

そこにも濃厚な汗の匂いが籠もり、馥郁《ふくいく》と鼻腔を満たしてきた。

（ああ、美女のナマの匂い……）

嗅ぐうちに萎えていたペニスもムクムクと勃起しはじめてきたが、それでもまだ半萎えの状態であった。

充分に嗅いでから白く滑らかな肌を舐め降り、脇腹から腹の真ん中へ行き、形良い臍を探り、ピンと張り詰めた下腹の弾力を顔中で味わうと、腰から太腿、脚を舐め降りていった。

どうせ一度きりなのだから、早く股間を見たり嗅いだりしたい気持ちを抑え、全身隅々まで味わいたかった。

スラリと長いスベスベの脚を舐めて足首まで行くと、足裏に回り込んで、踵から土踏まずを舐め、形良く揃った足指の間に鼻を割り込ませた。

嗅ぐと、そこは生ぬるい汗と脂に湿り、蒸れた匂いが悩ましく沁み付いて鼻腔を刺激してきた。

（ああ、美女の足の匂い……）

幹男はいちいち感動しながら思い、爪先にしゃぶり付いて全ての指の股に舌を差し入れて味わった。

「あう……」

香凜も息を詰め、ビクリと脚を震わせて反応したが、やはり好きにして良いという約束を守り、拒むことはしなかった。

彼は両脚とも、味と匂いが薄れるほど貪り尽くすと、いったん顔を上げ、彼女をうつ伏せにさせた。

香凜も素直にゴロリと寝返りを打って腹這いになると、幹男は踵からアキレス腱、脹《ふく》ら脛《はぎ》から汗ばんだヒカガミ、ムッチリした太腿から尻の丸みを舌でたどっていった。

まだ尻の谷間は後回しにし、腰から滑らかな背中を舐め上げると微かに汗の味が感じられた。

肩まで行って長い髪を掻き分け、甘い匂いに包まれながら耳の裏側の湿り気も嗅ぎ、舌を這わせてから再び背中を舐め降り、たまに脇腹にも寄り道してから、尻に戻っていった。

うつ伏せのまま股を開かせて真ん中に腹這い、指でグイッと谷間を広げると、奥に薄桃色の可憐な蕾がひっそり閉じられていた。

何という美しさだろう。人食いの女神とはいえ、今は人間と同じ姿をしているのだから、女性は皆こんな綺麗な排泄器官を持っているのだろうか。

もちろんいかがわしいネットで見たことはあるが、やはりナマで見るのは格別であった。

蕾に鼻を押し付けると、弾力ある双丘が顔中に心地よく密着した。

嗅ぐと、蒸れた汗の匂いが籠もって鼻腔を掻き回した。細かな襞に舌を這わせて濡らし、ヌルッと潜り込ませて滑らかな粘膜を探ると、

「く……」

香凜が顔を伏せたまま呻《うめ》き、キュッときつく肛門で舌先を締め付けてきた。

幹男は内部で舌を蠢《うごめ》かせ、充分に味わってから顔を上げると、再び彼女を仰向けにさせた。

片方の脚をくぐると、ムッチリした白い太腿の真ん中に女体の神秘があった。

(ああ、ここまで辿り着いた……!)

彼は感激の面持ちで、超美女の割れ目に目を凝らした。

股間の丘にはふんわりとした恥毛が程よい範囲に茂り、震える指先でそっと陰唇を左右に広げると、奥に処女の膣口が息づいていた。それは花弁状の襞を入り組ませて収縮し、ネットリと蜜に潤っていた。

幹男は、ネットで見た女性器の何倍も艶めかしいナマの割れ目を観察した。

膣口の少し上、ヌメヌメするピンクの柔肉には、ポツンとした小さな尿道口も確認でき、包皮の下からは小豆大のクリトリスが、真珠色の光沢を放ってツンと突き立っていた。

もう堪らずに顔を埋め込み、彼は柔らかな恥毛に鼻を擦りつけて嗅いだ。

茂みの隅々には、腋に似た甘ったるい汗の匂いが蒸れて籠もり、それにほんのりオシッコの匂いも混じり、悩ましく胸を掻き回してきた。

（ああ、なんていい匂い……）

幹男は感激と興奮に包まれながら鼻腔を刺激され、舌を這わせていった。

生ぬるいヌメリは淡い酸味を含み、舌の動きを滑らかにさせた。

彼は膣口の襞をクチュクチュ舐め回し、浅く挿し入れてみたが歯のようなものは感じられない。

さらに柔肉をたどり、ゆっくりクリトリスまで舐め上げていくと、

「アアッ……、いい気持ち……！」

香凜がビクッと顔を仰《の》け反《ぞ》らせて熱く喘ぎ、内腿でムッチリときつく彼の両頬を挟み付けてきた。

やはりクリトリスが最も感じるらしく、幹男も熱を込めてチロチロと舌を這わせ、匂いとヌメリを吸収した。そして舐めながら指を濡れた膣口に当て、そっと潜り込ませてみた。

中は滑らかで温かく、指は吸い込まれるように入っていった。

（やっぱり歯はない。彼女は、僕を試しただけなんだ……）

彼は安心して思い、指を小刻みに動かして内壁を擦り、なおもクリトリスを吸った。

「ああ、ダメ、いきそうよ……、やめて、今度は私が……」

すっかり高まった香凜が激しく腰をよじって言い、半身を起こして彼の顔を股間から追い出しにかかった。

幹男も素直に顔を上げて這い出し、入れ替わりに仰向けになった。

すると香凜が彼を大股開きにさせて真ん中に腹這い、まずは彼の両脚を浮かせて尻に顔を寄せてきたのである。

熱い息がかかり、美女の舌先がチロチロと肛門を舐め回した。

「あう……！」

幹男が妖しい快感に呻くと、香凜の舌がヌルッと潜り込んできた。

何という心地よさであろう。しかも彼女の舌はカーリーのように長く、内部で蠢き、幹男は美女の舌に犯された気になった。

3

「ンン……」

香凜が熱く呻き、鼻息で陰嚢《いんのう》をくすぐりながら舌を出し入れさせるように動かした。すると半勃起状態のペニスが、内側から刺激されてヒクヒクと上下し、粘液が滲んできた。

「アア、気持ちいい……」

幹男は、肛門で超美女の舌をモグモグと締め付けながら喘いだ。

ようやく脚が下ろされると香凜は舌を引き離し、そのまま縮こまった陰嚢を舐め回してきた。

「く……」

ここも実に妖しい快感があった。香凜は熱い息を股間に籠もらせながら舌で二つの睾丸を転がし、生温かな唾液で袋全体を心地よく濡らした。

そして、いよいよ顔を進めて肉棒の裏側を舐め上げてきたのだ。

（ああ、舐められている……）

とうとう女性の舌が自分の性器に触れ、幹男は感激に胸を震わせ、懸命に肛門を締め付けて暴発を堪えた。

それでも、まだ完全に勃起していないのは、相手が憧れ続けていた香凜であるという緊張が大きいのだろう。

先端まで来ると彼女は、舌先で粘液の滲む尿道口をチロチロと舐め回し、そのまま舌先を包皮の内側にまで差し入れて蠢かせてくれた。

するとムクムクと亀頭の容積が増し、さらに香凜が指先で完全に包皮を剝き、張りのある亀頭を露出させた。

「美味しそう……」

彼女が股間で熱く囁き、さらにしゃぶりついてきた。

（まさか、膣でなく口の歯で食いちぎるんじゃないだろうな……）

幹男は不安に思ったが、香凛は歯を立てるでもなく、スッポリと喉の奥まで呑み込んでいった。

そして幹を口で丸く締め付けて吸い、熱い鼻息で恥毛をそよがせながら、口の中ではクチュクチュと念入りに舌をからめてきた。

「ああ……」

彼は快感に喘ぎ、超美女の口の中で、温かな唾液にまみれたペニスをヒクヒクと震わせた。

香凛はさらに顔を小刻みに上下させ、濡れた口でスポスポと強烈な摩擦を繰り返してくれ、いよいよ彼も危うくなってきた。

「い、いきそう……」

幹男が言うと、香凛も吸い付きながらチュパッと軽やかな音を立て、口を離して顔を上げた。

「じゃ入れたいので、場所を変えましょう」

彼女は身を起こして言い、幹男の手を引いた。

彼も息を弾ませながらベッドを降り、香凛に案内されて部屋を出ると、そのまま奥にあるバスルームに入ったのである。

「ここの方が、シャワーですぐに洗えるから」

彼女は言って、広い床にバスマットを敷いた。

(洗うというのは、やはり嚙み切った血を流すためだろうか……)

また不安になったが、もう射精願望で萎えることはなかった。

「私が上でいいかしら。前からそうしてみたかったので」

香凜が言うと、彼も導かれるままバスマットに仰向けになった。

彼女は屈み込み、もう一度亀頭をしゃぶってヌメリと硬度を確かめてから、身を起こして前進してきた。

そして幹男の股間に跨がると、香凜は幹に指を添え、先端に割れ目を押し当てた。何度か擦って位置を定めると、彼女は決意するように息を詰め、ゆっくりと腰を沈み込ませていった。

張り詰めた亀頭が潜り込むと、あとはヌルヌルッと滑らかに根元まで受け入れ股間がピッタリと密着した。

「アア……!」

香凜が顔を仰け反らせて喘ぎ、初のペニスを味わうようにキュッキュッときつく締め付けてきた。

幹男も股間に超美女の重みと温もりを感じ、肉襞の摩擦ときつい締め付け、大量の愛液に包まれて快感を嚙み締めた。

彼女がゆっくり身を重ねてきたので、幹男も下から両手を回してしがみつき、僅かに両膝を立てて尻を支えた。

胸に柔らかな乳房が押し付けられて心地よく弾み、下から唇を求めると、香凜も自分からピッタリと重ね合わせてくれた。

恐る恐る舌を挿し入れて滑らかな歯並びを舐めると、

「ンン……」

香凜も熱く鼻を鳴らして歯を開き、彼の舌にチュッと吸い付いてきた。

考えてみれば、これがファーストキスだった。

互いに舐め合い、処女と童貞を与え合い交わってから、最後の最後に唇を重ねたのである。

香凜の舌は滑らかにからみついて蠢き、幹男は生温かな唾液を味わった。

すると彼女が徐々に腰を動かしはじめ、あまりの快感に彼も合わせてズンズンと股間を突き上げた。

「アア……、いい気持ち……」

香凜が口を離して熱く喘いだ。

処女でも、もう二十歳なのだから破瓜の痛みより充足感と、長年の欲求と願望を満たした快感の方が大きいようだった。

香凜の口から吐き出される息は熱く湿り気を含み、何とも甘い刺激が感じられて鼻腔を掻き回してきた。

「い、いきそう……」

「いいわ、いって。そうしたら私もいくから、その時に嚙み切ってしまうわ」

彼が喘いで言うと、香凜が答えた。

「歯なんかないようだけど……」

「感じると、口の歯と入れ替わるの」

彼女が言い、なおも動き続けていると膣内の収縮と愛液の量が増し、幹に硬いものが触れてきた。

驚いて見ると、いつの間にか香凜の喘ぐ口から歯並びが消え失せ、何とピンクにヌメる滑らかな歯茎が覗いているではないか。

どういう仕掛けか分からないが、このとき初めて幹男は、彼女が本当に人ではないことを実感したのだった。

「い、いく……、アアッ……！」

そのまま幹男は昇り詰め、大きな絶頂の快感に包まれながら喘いだ。

同時に、熱い大量のザーメンがドクンドクンと勢いよくほとばしり、柔肉の奥深い部分を直撃した。

「あ、熱いわ、いく……、アアーッ……！」

噴出を感じた香凜が歯のない口で声を上げ、ガクガクと狂おしいオルガスムスの痙攣を開始した。

もう幹男も快感に何も考えられず、激しく股間を突き上げながら心置きなく最後の一滴まで出し尽くしていった。

そして満足しながら徐々に動きを弱め、余韻に浸り込もうとした瞬間、

「もらうわ……」

香凜が口走ると同時に、膣口にある歯並びが上下にギュッと締まって幹を食いちぎってしまったのである。

「あう……！」

幹男は、激しく香凜にしがみつきながら激痛に呻いた。

「アア……、美味しい……」

彼女はなおもガクガクと身悶えながらうっとりと喘ぎ、ザーメンどころか切断面から噴出する血まで貪欲に膣内へと吸い取っていった。

幹男は、そのまま全感覚を失い、気を失ってしまったのだった……。

4

「ああ……、どうなったんだろう……」

幹男が気づいて声を洩らすと、そこはまだバスマットの上だった。

香凜がシャワーで互いの全身を洗い流し、彼はもう痛みもなく、むしろ爽快な気分で身を起こした。

「あれ？　やけに身体が軽い……」

彼は異変を感じ、自分の身体を撫で回した。

「は、腹が引っ込んで、腹筋が浮かんでる……」

何と全身が引き締まり、恐る恐るペニスを見ると、そこには立派な肉棒が付いているではないか。今までのような短小包茎ではなく、光沢のある亀頭に傘が張り、幹も太く逞しい。

「ど、どうして……？」

「今までのペニスは私が下の口から食べて、全身の悪いものも全て吸い取ってしまったわ。そしてペニスは再生させたの」

香凜がシャワーの湯を止めて言った。すでに彼女の口には、白く綺麗な歯並びが戻っている。

「じゃ、脂肪もコレステロールも何もかも……」

「ええ、とっても美味しかった」

どうやら人と同じく、酒や煙草や脂身など、身体に悪いものほど旨いようだが香凜の体型に変化はない。

「ペ、ペニスを再生してくれるんだったら、最初から言ってくれれば良かったのに……」

「覚悟を知りたかったの。もうあなたの肉体の大部分は人ではないわ。私の体液も吸収しているので、魔界のものと同じ力が身に付いたはずよ」

香凜が熱っぽい眼差しを向けて言う。どうやら怖がらず拒まず、最後までさせてくれた彼に愛情を抱きはじめてくれたようだ。

それより幹男は、新生した肉体で猛烈な性欲を催してしまった。

何しろ湯に濡れた全裸の超美女が目の前にいるのだし、さっきの射精などなかったことのように精気が漲っていた。

「ね、したい。いい……？」

バスマットの上で彼女ににじり寄って言ったが、

「私はもう、今日は充分。お口でなら」

香凜が答え、それでも良いと新たなペニスが雄々しくピンピンに突き立った。

「じゃ、お口でする前にいっぱいキスしたい」

幹男も心を新たに積極的に言い、香凜を抱き寄せて横になった。

仰向けになって腕枕してもらい、唇を求めると彼女も上からピッタリ唇を重ねてくれ、勃起した新生ペニスにも指を這わせてくれた。

濡れた長い黒髪が顔中を覆い、その内部に熱く甘い吐息が籠もった。

「唾を出して……」

囁くと、彼女も舌をからめながらトロトロと口移しに、生温かく小泡の多い唾液を注いでくれた。

彼はうっとりと味わい、心地よく喉を潤した。

その間もペニスに、ニギニギと指の微妙な愛撫が続いている。

「顔中もヌルヌルにして」

　さらにせがむと、香凜は顎の下まで届くカーリーの長い舌を這わせ、彼の顔中を生温かく清らかな唾液でヌルヌルにまみれさせてくれた。

「ああ、お口の中がいい匂い……」

　幹男はうっとりと鼻腔を満たし、香凜の開いた口に鼻を押し込んで嗅ぎまくると、彼女も惜しみなく熱く甘い息を吐きかけてくれた。

　何やら膣口ではなく、上の口から食べられたい気持ちになった。

「い、いきそう……」

　彼が絶頂を迫らせて言うと、香凜も身を起こしてペニスにしゃぶり付いてくれた。幹男は仰向けのまま、彼女の身体を引き寄せ、女上位のシックスナインの体勢にさせた。

　そして下から割れ目を舐めると、膣口の上下には綺麗な歯並びが覗き、ペニスをしゃぶる口からは歯がなくなった。

　香凜は唇と舌と歯茎でペニスを愛撫し、吸引と摩擦を繰り返した。

　熱い鼻息が陰嚢をくすぐり、彼はズンズンと股間を突き上げ、まるで口とセックスしているような快感に高まっていった。

歯のある膣口からも新たな愛液が漏れ、彼は執拗に舌を這わせてクリトリスに吸い付いた。

「あう、吸うとオシッコが漏れちゃいそう……」

「うん、して……」

香凜が口を離して言うので、彼はさらなる興奮に答えていた。

彼女も再び亀頭をしゃぶり、リズミカルな摩擦を繰り返しながら、とうとうチョロチョロとオシッコを漏らしてくれた。

それを口に受け、熱い流れで喉を潤した。味も匂いも実に控えめで、抵抗なく飲み込むことが出来た。

流れはすぐ治まってしまい、彼は残り香の中で余りの雫《しずく》をすすった。

「も、もういいわ、舐めないで……」

香凜が尻をくねらせて言い、おしゃぶりに集中した。

たちまち彼は急激に高まり、絶頂に達してしまった。

「く……！」

とうとう昇り詰めて呻き、快感に全身を貫かれながら、ありったけの熱いザーメンをドクンドクンと勢いよくほとばしらせた。

「ンン……」

香凜も喉の奥を直撃されて呻き、なおも濃厚な愛撫を続行してくれた。

「ああ、気持ちいい……」

彼は濡れた割れ目を見上げながら喘ぎ、心置きなく最後の一滴まで出し尽くしていった。

すっかり満足しながら突き上げを止め、グッタリと身を投げ出すと、香凜も愛撫を止め、亀頭を含んだまま口に溜まった大量のザーメンをゴクリと一息に飲み干してくれた。

「あう……」

喉が鳴ると同時に口腔がキュッと締まり、彼は駄目押しの快感に呻いた。

彼女もスポンと口を引き離すと、なおも余りをしごくように幹を握って動かし、尿道口から滲む白濁の雫まで丁寧にペロペロと舐め取ってくれた。

「く、もういい、有難う……」

幹男は腰をよじり、過敏に幹を震わせながら降参した。

ようやく香凜も舌を引っ込めて移動し、再び添い寝し、彼の荒い息遣いが整うまで腕枕してくれた。

香凜の吐息にザーメンの生臭さは残っておらず、さっきと同じ甘く上品な芳香がして、彼は嗅ぎながら胸を満たし、うっとりと快感の余韻に浸り込んでいったのだった。

やっと落ち着いて呼吸を整えると、二人は身を起こしてもう一度シャワーを浴びた。立ち上がって身体を拭くと、脱衣所の鏡に、見違えるような自分の姿が映った。

「すごい、痩せてる。いや、標準体重に戻ったということか……」

引き締まった端正な自分に驚き、床にあった体重計に乗ってみた。

人でない美魔女でも体重計は持っているらしい。

「ろ、六十八キロ……。三十キロも減ったのか……」

幹男は言い、しまい込んである高校時代の服も着られると思った。

部屋に戻って身繕いをし、ブカブカのズボンを穿いてきつくベルトを締めた。

「一夜明けたら元に戻っていることはないかな」

「大丈夫よ。ずっと今のまま」

訊くと、香凜も服を着て答えた。

「他の力も、色々試してみるといいわ」

「うん、本当に感謝するよ。じゃ帰るので、また明日大学で」

彼は言い、香凛の屋敷を辞した。

場所がよく分からないので通りまで出てタクシーを拾い、大学近くにある自分のアパートへ戻った。

実家は北関東で、親は平凡なサラリーマン。幹男は大学入学とともに上京し、六畳一間のアパートで暮らすようになって一年半。

バストイレにキッチンも狭く、万年床に机と本棚。あとは小型の冷凍冷蔵庫と小型テレビ、冷凍物をチンする電子レンジがあるだけだ。

そして枕元には、レンタルの呼吸器が置かれている。

そう、彼は無呼吸症のため、眠ると呼吸が止まるので月一回近所の呼吸器科に通っているのだ。

(でも、体重が標準になったのだから、もう呼吸器は要らないかも……)

幹男は思い、次の診察日には主治医に相談してみようと思った。

妄想オナニーは、日に二回三回としていた。

だが、その妄想で最多出場の香凛と懇《ねんご》ろになれたのである。

まだ夢のように気持ちが舞い上がり、しかも肉体も新生したのだ。

（生まれ変わったんだ。明日からは積極的に生きよう……）

彼は心に誓い、その夜は買い置きの冷凍チャーハンをチンして、インスタントわかめスープを作って夕食を終えると、香凜との体験を一つ一つ思い出し、余韻を味わいながら寝たのだった。

5

（あれ？　雅美《まさみ》先生……）

翌日の昼過ぎ、幹男は昼食とシャワーを終えてアパートを出た。

今日の講義は午後だけなのだ。

そして大学に向かっていると、途中の道端で車二台が何かトラブルを起こしているようだった。

近づいてみると、それは大学のスポーツ学科講師、空手の有段者でもある保科《ほしな》雅美ではないか。雅美は二十六歳の独身、短髪で長身、実にボーイッシュでバイタリティー溢れる美女である。

その、雅美が通勤に使っている車の左前輪が溝に嵌《は》まり込んでいた。

相手の車も擦られ、屈強な中年男が降りてきて雅美に文句を言っているではないか。

「この傷どうしてくれるんだよ！」

「あおってきたのはそっちでしょう」

怒鳴る男に対し、雅美も負けておらず、今にも正拳突きを繰り出しそうな勢いで身構えていた。

「何だ、やるってのか。女のブンザイで」

「分際とは何よ。女相手に殴れるものならやってみなさい」

「よし！」

男が拳を構えると、そこへ幹男が近づいて手首を握った。最初から、幹男は負ける気がしなかったのである。

「う……、な、何だてめえ……！」

手首を捻られ、男が顔を歪めて幹男を睨んだ。

しかし魔女カーリーの力を宿した幹男の怪力はものすごく、手首の関節がきしみはじめた。

しかも手を摑んだことにより、相手の情報が脳裏に流れ込んできたのだ。

「兼本久一《かねもとひさいち》、四十五歳、窃盗と暴行で前科二犯。そうか、今も執行猶予中なのにコンビニ強盗で手配中か」

「て、てめえ、デカか……」

言うと男は青ざめ、すっかり戦意を喪失したようだ。

「今日は非番だ。これから出頭するなら自首と言うことで罪を軽くしてやる。今すぐ警察へ行け。それとも手首をへし折って一緒に行くか」

「ひ、一人で行く……」

「ならばこの女性に一言謝ってから行け」

「分かった……」

男は言い、雅美に目を向けて頭を下げた。

「済みませんでした……」

その言葉に、雅美も怒りを収めたようだった。

「よし、行け」

幹男が言って手を離してやると、男は手首をさすりながらもう一度辞儀をして車に乗り込み、走り去っていった。

それを、雅美が呆然と見送っている。

「ちゃんと出頭するでしょう。こっちの車は傷もないようだから、訴えなくても良いと思います」

幹男は雅美に言いながら、車の前部に近づいた。

そして両手をかけて持ち上げると、軽々と溝に嵌まっていたタイヤが浮いて、元の道に戻してやった。

大して力は入れていないのに、幹男は車を見たときから簡単に持ち上げられると確信していたのである。

「す、すごい……、何なの、あなた……」

「僕は二年生の根本ですよ、雅美先生」

「え……！」

言うと雅美は目を丸くし、まじまじと幹男を見つめた。

一年生の頃から男子体育の授業で、雨の時は彼女が講師をしたこともあり、

「根本、みっともないぞ、もっと痩せろ」

などと雅美先生から言われていたのである。

「そんな、どうしてそんなに……」

「ダイエットが成功したんです」

「それだけじゃないわ。あなた、力も度胸もなさそうだったのに……」

「体型が変わって少しだけ自信が付きました」

「そう……、驚いたわ。あ、お礼を言うの忘れていた。助けてくれて有難う」

「いいえ、雅美先生が今にも空手でやっつけそうだったから、有段者が手を出したら傷害か過剰防衛になるでしょう」

幹男は言い、まだ興奮冷めやらぬ雅美から漂う、甘ったるい汗の匂いを感じて股間を熱くさせた。

「大学へ行くの？　送るわ」

「雅美先生は？」

「もう帰るところ。そうだわ、もし時間があるなら色々話を聞かせて」

「ええ、じゃ」

午後の講義はサボることにし、彼が答えると雅美は助手席のドアを開けてくれた。幹男は乗り込み、雅美も運転席に座ってエンジンを掛け、どこも故障がないことを確認した。

「あいつ、しつこくあおってきたのよ。手配中って知っていたの？」

「ええ、さっきテレビで写真を見たばっかりだったから」

彼が答えると、雅美も車をスタートさせた。

「何だか、夢の中にいるようだわ。いきなりヒーローが現れたみたいで」

雅美は興奮に息を弾ませながらも、巧みにハンドルを繰って言った。

そして少し走るとマンションの駐車場に車を入れ、一緒に降りてエレベーターに乗った。

彼女の住まいで、六階の角部屋に入ると中は２ＬＤＫ。快適そうなリビングにトレーニングマシン、あとは書斎と寝室のようだ。

「女性の部屋に入るの初めてです。訪ねてくる彼氏とかは？」

「今はいないわ。もう別れて一年」

雅美が冷たいものを淹れてくれながら答えた。元彼は二人ぐらいいて、どちらもスポーツマンだったようだ。今は本当に一人らしく、当面は結婚願望もないらしい。

やがて彼女がソファの隣に座ってきた。

「それで、何キロ落としたの？」

「ちょうど三十キロ」

「それはすごいわ。どれぐらいの期間で？」

「一カ月ぐらいかな」

実際は一時間もかかっていないのだが、また雅美は目を丸くした。

「い、一カ月で三十キロ減ですって？　ダメよ、そんな無茶したら。一体どんな方法で？」

「朝食は青汁だけ、昼はマイクロダイエット、夜は普通だけどなるべく少なく。あと間食の菓子類は一切止めて、毎日腕立て伏せとスクワット」

幹男は適当に答えた。

もっとも今まで何度も痩せようと思ったので、何種類かの方法は知識を持っていた。ただ実行しなかっただけである。

「そう……、比較的健康な方法だし、まだ未成年だからアルコールは飲まないだろうけど、それにしても、一日に一キロずつ落とすなんて……」

雅美は感嘆し、さらに濃厚に甘ったるい匂いを揺らめかせた。

近くにいるだけで、彼女の情報が流れ込んできた。

今日の午前中は女子体育の授業を指導し、シャワーを浴びる間もないほど忙しかったようだ。それで学内で昼食を終えると、急いで帰宅しようとしていたのだろう。

知っている二人の男も、一人は高校時代に無垢同士、二人目は大学時代からずっと付き合った二歳上の男で、雅美の最も感じる部分はクリトリスで、挿入による快感も相当大きいようだが、別れて一年、だいぶ欲求が溜まり、週に何度かはオナニーしているようだ。

基本は指でクリトリスを擦るだけだが、バイブやローターも所持し、ジックリ時間をかけたいときはバイブ挿入で絶頂を得ているらしい。

本来誰も知らない情報でも、簡単に入ってくるので実に魔力というのはすごいものだった。

「根本は、彼女いるの?」

雅美は、体育会系のノリで常に呼び捨てにしてくる唯一の女性で、それもまた興奮するのだった。

「いえ、知っての通り今まではデブでダサかったので無理ですし、この一カ月は減量に専念していましたから」

「そう、じゃまだ……?」

「ええ、童貞です。もちろん風俗も行ったことありませんし」

彼は、妖しい期待にムクムクと勃起しながら答えた。

初体験した香凜は人ではないのだから、まだ人間相手では童貞というのもあながち嘘ではない。

「身体の変化を観察してもいい？」

「はい、構いません」

「じゃ来て」

雅美が言って立ち上がり、彼も従って寝室へと移動した。

今までの彼とのセックスのためだろうか、窓際にはセミダブルベッドがあり、あとは女らしい鏡台の横にはダンベルが置かれていた。

室内には生ぬるく甘ったるい匂いが立ち籠め、彼はどう仕様もなく股間が突っ張ってしまった。

「じゃ脱いで」

言われて、幹男もシャツとズボンを脱いで置き、靴下も脱ぎ去った。

「それも」

雅美が熱い眼差しを向けて言い、彼は最後の一枚も下ろし、全裸になってベッドに横になった。枕には、美人講師の髪や汗や涎や体臭など、様々に入り混じった匂いが悩ましく沁み付いていた。

彼女が着衣で、自分だけ全裸というのも興奮するものだ。

幹男は羞恥に胸を高鳴らせながら、ピンピンに勃起したペニスを隠しもせず身を投げ出した。

すると雅美も、興奮に目を輝かせて迫り、舐めるように彼の全身を見つめてきたのだった。

第二章　スポーツ講師の匂い

1

「すごいわ。なんて均整の取れた身体……」

雅美が幹男の全身を見回して言い、とうとう胸や腹に触れてきた。

「引き締まってるけど、それほど筋肉はないのに、車を持ち上げるほどのパワーがあるなんて信じられないわ……」

肩や腕にも触れ、脇腹を撫で、太腿にも手のひらを這わせながら、否応なく彼女の視線が勃起したペニスに釘付けになった。

「こんなに勃《た》って……、すごく逞しいわ……」

急角度にそそり立ったペニスは形良く、亀頭は初々しい光沢を放っている。

新生ペニスはまだ無垢で、誰にも挿入していない。

「勃起しているってことは、私としてみたい？」

雅美が、すっかり欲情したように熱く囁いてきた。

「ええ、もちろん」

「私が最初の女で構わないのね？」

「はい、どうかお願いします」

「じゃ待ってて、急いで流してくるから」

雅美が言って出てゆこうとするので、すかさず彼はその手を握った。

「どうか今のままでお願いします」

「そんな、待てない気持ちも分かるけど、今日はすごく汗かいてるのよ」

確かに今日は朝から運動も多くして、帰りに喧嘩になりそうになり、しかも幹男の出現でさらなる興奮を得たのだ。

恐らく腋も股間もジットリ汗ばんでいることだろうし、今も甘ったるい匂いが濃く漂っている。

「女性のナマの匂いを知るのが、長年の憧れでしたので」

「そんな、童貞が思っているほど良い匂いじゃないのよ」

「大丈夫です。僕はシャワーを浴びて出てきましたので」

せがむと、雅美も高まる興奮に待ちきれなくなってきたようだ。

「知らないわよ。思っている匂いと違っても。始まったら、やっぱり浴びてこいなんて言っても止まらないわ」

雅美は願ってもないことを言い、彼は幹を震わせた。

「ええ、お願いします」

「分かったわ」

手を離すと彼女も頷き、ブラウスのボタンを外しはじめた。

意を決したとなると、あとは手早く脱いで、甘い匂いを漂わせながら見る見る健康的な小麦色の肌を露わにしていった。

実にバランス良く逞しい肉体をして、さすがに肩や二の腕は筋肉が発達し、太腿も引き締まっていた。

「長年の憧れがいっぱいありそうね。よければ何でもしてあげるわ」

雅美が、最後の一枚を脱ぎ去り、ベッドに上りながら言った。

「本当？　じゃ顔の横に立って」

「まあ、下から見たいの……？」

何でもすると言いつつ、彼の言葉に雅美は羞恥に声を震わせた。

しかし、もともと度胸は良いので、思い切りよく身を起こすと、仰向けの彼の顔の横にスックと立ってくれた。

七つ年上の、長い脚の美女を下から見上げるのは、何とも壮観だ。

「足の裏を顔に乗せて」

「そんなことされたいの？」

下から言うと、雅美も興奮に目をキラキラさせて答え、ためらいなく片方の足を浮かせた。そして壁に手を突いて身体を支えると、そろそろと彼の顔に足裏を乗せてくれたのだ。

あるいは彼に宿った魔力により、どんな要求をしても拒みきれなくなっているのかも知れない。

幹男も以前から、この美しくも恐くて厳しいスポーツウーマンの面影で何度かオナニーのお世話になり、その妄想も、こうして踏まれるようなシーンが多かったのである。

彼は顔中で、美女の足裏の感触と温もりを味わった。

雅美の足裏は大きく逞しく、踵は実に硬かった。

舌を這わせ、比較的柔らかな土踏まずを舐めながら、太く揃った指の間にも鼻を押し付けて嗅いだ。

やはりそこは汗と脂にジットリと湿り、思っていた以上に生ぬるく蒸れた匂いが濃厚に沁み付いて鼻腔を刺激してきた。

充分に嗅いでから爪先をしゃぶり、順々に指の股にヌルッと舌を割り込ませて味わうと、

「あう、汚いのに……」

雅美がビクリと反応して呻き、見上げると割れ目がヌメヌメと大量の愛液に潤いはじめているのが見えた。

おそらくは爽やかなスポーツマンの元彼氏二人は、シャワーを浴びる前にはしないだろうし、足の指などしゃぶらなかったかも知れない。

幹男は、香凜より濃いムレムレの匂いを貪り尽くすと、

「ああ、変な気持ち……」

雅美は息を弾ませ、ガクガクと膝を震わせて指を縮めた。

やがて足を交代してもらい、彼はそちらも味と匂いを堪能した。

「じゃ顔に跨がってしゃがんで」

口を離して言うと、雅美も立っていられなくなったように、すぐにも彼の顔に跨がり、和式トイレスタイルでゆっくりしゃがみ込んできた。

長い脚がM字になり、脹ら脛と太腿がムッチリと張り詰め、蒸れた熱気と湿り気を籠もらせた股間が彼の鼻先に迫った。

丘に茂る恥毛は淡く、割れ目からはみ出したピンクの花びらはネットリと露を宿していた。

そっと指を当てて陰唇を左右に広げると、膣口の襞が息づき、小指の先ほどもあり香凛より大きめのクリトリスが光沢を放ち、亀頭の形をしてツンと突き立っていた。

「アア、見ているのね……」

雅美が喘ぎ、白い下腹をヒクヒクと波打たせた。

幹男は腰を抱き寄せ、彼女の股間を顔中に密着させた。

柔らかな茂みに鼻を埋め込んで嗅ぐと、濃厚に蒸れた汗とオシッコの匂いが悩ましく籠もり、彼は何度も深呼吸した。

「あう、そんなに嗅がないで……」

雅美が腰をくねらせて呻き、新たな愛液をトロトロと漏らしてきた。

舌を挿し入れ、膣口の襞から内側まで舐め回すと、もちろん歯などなく、淡い酸味のヌメリが溢れて舌の動きを滑らかにさせた。

充分に探ってから大きめのクリトリスまで舐め上げていくと、

「アアッ……！」

最も感じる部分を刺激されると雅美が熱く喘ぎ、思わず座り込みそうになってギュッと両足を踏ん張った。

幹男は味と匂いを貪り尽くしてから、彼女の引き締まって張りのある尻の真下に潜り込んでいった。見上げると谷間には、ピンクの蕾がレモンの先のように僅かに突き出た感じで艶めかしかった。

年中スポーツで力んでいるせいだろうか、美女のこの部分がこうした形状をしているというのは、本当に見てみなければ分からないものである。

鼻を埋めると顔中に双丘が密着し、蒸れた匂いが鼻腔を刺激してきた。

そして舌先でチロチロと蕾を舐め、充分に濡らしてからヌルッと潜り込ませて滑らかな粘膜を探ると、

「く……！」

雅美が息を詰めて呻き、キュッときつく肛門で舌先を締め付けてきた。

粘膜は甘苦いような微妙な味わいが微かに感じられ、彼が内部で舌を蠢かすたび、鼻先にある割れ目から新たなヌメリが溢れてきた。

充分に舌を動かしてから引き抜き、再び割れ目に戻って大量の愛液をすすり、クリトリスに吸い付くと、

「も、もうダメ……、いきそうよ……」

雅美が絶頂を迫らせて言い、ビクリと股間を引き離してしまった。

そして移動して屈み込み、張り詰めた亀頭に舌を這わせてきたのである。

粘液の滲む尿道口をチロチロと舐め、丸く開いた口でスッポリと喉の奥まで呑み込むと、上気した頬をすぼめて吸った。

「ンン……」

熱い鼻息で恥毛をくすぐり、彼女はネットリと舌をからめ、肉棒全体を生温かな唾液にどっぷりと浸してくれた。

さらに顔を上下させ、スポスポと強烈な摩擦を開始すると、

「ああ、気持ちいい……」

受け身になった幹男は快感に喘ぎ、ヒクヒクと幹を震わせた。

「あまりすると漏れちゃうわね。入れてもいい？」

やがて雅美がスポンと口を離して言うと、

「ええ、跨いで上から入れて下さい」

彼は答えた。すぐにも雅美が身を起こして前進し、股間に跨がり先端に割れ目を押し当てた。そして童貞を味わう溜息を吸い込み、ゆっくり腰を沈み込ませていったのだった。

2

「アアッ……、すごい……！」

ヌルヌルッと根本まで受け入れると、雅美は顔を仰け反らせて喘ぎ、ピッタリと股間を密着させて座り込んだ。

幹男も、新生ペニスで女性の温もりと感触を味わい、締め付けられながらヒクヒクと歓喜に幹を震わせた。

雅美は目を閉じて上体を反らせ、久々に得た生身の男の感触を噛み締めていたが、やがて身を重ねてきた。

幹男も僅かに両膝を立てて尻を支えながら両手を回し、潜り込むようにしてチュッと乳首に吸い付いていった。

硬くなった乳首を舌で転がし、顔中で張りのある膨らみを味わい、もう片方も含んで舐め回した。

「嚙んで……」

雅美が息を詰めて囁き、童貞を味わうようにキュッキュッと締め上げた。

やはり鍛え抜かれた肉体は、微妙なタッチより強いぐらいの刺激の方が好みなのだろう。

幹男も前歯でコリコリと乳首を嚙み、徐々に股間を突き上げはじめた。

「あう、いい気持ち、もっと強く……！」

雅美が呻き、合わせて腰を動かしてきた。溢れる愛液で、たちまち律動が滑らかになり、クチュクチュと湿った摩擦音も聞こえてきた。

彼は左右の乳首を歯で愛撫し、さらに濃厚な匂いを求めて雅美の腋の下にも鼻を埋め込んでいった。スベスベの腋はジットリと湿り、甘ったるい汗の匂いが濃く籠もっていた。

幹男は匂いに酔いしれながら、徐々に突き上げを激しくさせていった。

次第に互いの動きがリズミカルに一致し、彼は下から唇を求め、ピッタリと重ね合わせた。

柔らかな唇が密着し、舌がからみ合った。

幹男は美女の生温かな唾液を貪り、滑らかな舌の感触を味わった。

「アア、いきそう……」

雅美が口を離し、淫らに唾液の糸を引きながら喘いだ。熱く湿り気ある吐息は花粉のような甘い刺激に、昼食のパスタの名残で淡いガーリック臭も混じり、悩ましく鼻腔を刺激してきた。

（ああ、美女の口の匂い……）

ケアされた淡い芳香より、生々しい匂いの方がずっと興奮し、幹男は彼女の濡れた口に鼻を擦りつけて嗅ぎながら動き続けた。

そして先に幹男の方が、大きな絶頂の快感に全身を貫かれてしまった。

「い、いく……！」

口走りながら、熱い大量のザーメンをドクンドクンと勢いよく柔肉の奥にほとばしらせると、

「い、いっちゃう……、アアーッ……！」

噴出を感じた雅美も、同時に声を上ずらせ、ガクガクと狂おしいオルガスムスの痙攣を開始したのだった。

やはり最近はバイブ挿入で果てていたものの、バイブは射精しないので、その直撃感が絶頂のスイッチを入れたのだろう。

収縮が活発になり、彼は締め付けと摩擦快感の中で心置きなく最後の一滴まで出し尽くしていった。

「ああ、気持ちいい……」

幹男は満足して言い、力を抜いて身を投げ出していった。

「アア……、思い切りいったわ……」

雅美も肌の硬直を解き、声を震わせながらグッタリともたれかかってきた。

まだ膣内が名残惜しげに収縮を繰り返し、刺激されるたびにペニスがヒクヒクと過敏に跳ね上がった。

「あう、まだ動いてる……」

雅美も敏感になっているように呻き、キュッときつく締め上げた。

幹男はアスリート美女の重みと温もりを受け止め、熱く悩ましい吐息を胸いっぱいに嗅ぎながら、うっとりと余韻を味わったのだった。

「どうだった？　初体験は……」

雅美が呼吸を整えながら囁いてきた。

「うん、すごく良かった。それに雅美先生の濃い匂いも一生忘れない」

「アア、意地悪、ずいぶん匂ったのね……」

雅美が羞恥に声を上げ、ビクリと股間を引き離してきた。

「もう洗っちゃうわよ……」

言ってベッドを降りたので、幹男も一緒にバスルームへ移動していった。

シャワーの湯で股間と全身を洗い流し、ようやく雅美もほっとしたように椅子に座り込んだ。

彼も流し、湯に濡れて艶めかしい美女の全裸を見ているうち、すぐにもムクムクと回復していった。

そして床に座り、目の前に雅美を立たせた。

「どうするの」

「こうして」

彼女の片方の足を浮かせてバスタブのふちに乗せ、開いた股間に顔を埋めた。

「オシッコして……」

ピンピンに勃起しながら割れ目を舐めると、もう濃厚だった匂いも消え失せてしまったが、新たな蜜が溢れてきた。

「そ、そんなことしてほしいの……？」

「うん、少しだけでもいいから」

「いっぱい出そうだわ。顔を付けていると溺れるわよ」

さすがに度胸のある雅美は拒まずに言い、下腹に力を入れて尿意を高めはじめてくれた。

舐めていると中の柔肉が迫り出すように盛り上がり、間もなく味と温もりが変化し、チョロチョロと熱い流れがほとばしってきた。

「あう、出る……」

雅美は息を詰めて言いながら、勢いを付けて放尿してくれた。

味と匂いは淡く、喉に流し込んでも抵抗はなかったが、あまりに勢いが強く量も多いので、口から溢れた分が温かく胸から腹に伝い流れ、回復したペニスが心地よく浸された。

「アア……、こんなことするなんて……」

雅美は膝を震わせ、彼の頭に両手で摑まりながら言った。

ようやく勢いが衰え、流れが治まった。

幹男は残り香の中で余りの雫をすすり、割れ目内部を舐め回した。すると新たな愛液が溢れて舌の動きを滑らかにさせ、残尿を洗い流すように淡い酸味のヌメリが満ちていった。

「も、もういいわ、続きはベッドで……」

やがて雅美が脚を下ろして言い、彼の顔を股間から離した。

やはり彼女も、もう一回する気でいるようだ。

また一緒にシャワーを浴びてから身体を拭き、互いに全裸のまま部屋のベッドに戻った。

「もうこんなに勃って……」

仰向けにさせた彼の股間に屈み込むと、雅美は嬉しげに囁いた。

そして彼の両脚を浮かせ、自分がされたように尻の穴を舐めてくれ、ヌルッと潜り込ませてきたのだ。

「あう、気持ちいい……」

幹男も妖しい快感に呻き、肛門でキュッと美女の舌先を締め付けた。

内部で舌が蠢くと、ヒクヒクと幹が上下し、先端から粘液が滲んだ。

舌を離すと脚を下ろし、雅美は陰嚢をしゃぶってから肉棒の裏側を舐め上げ、先端まで来るとスッポリと根元まで呑み込んだ。

「ンン……」

熱い息を股間に籠もらせて呻き、雅美は吸引しながら舌をからめ、充分に唾液に濡らしてくれた。

そしてスポンと口を離すと、

「ね、今度は上になって」

彼女は言って仰向けになり、入れ替わりに幹男が身を起こした。

すると雅美が枕元にある引き出しを開け、何か取り出してきたのだ。

引き出しの中には、使用するバイブも入っているようだが、彼女が手渡してきたのはピンク色で楕円形をしたローターだった。

「これをお尻に入れてから、正常位でエッチして」

目をキラキラさせて言い、自ら両脚を浮かせて抱え込み、白く丸い尻を突き出してきた。

幹男も興味を覚えて屈み込み、まずはレモンの先のような肛門を念入りに舐めて濡らし、ローターを押し当てた。

親指の腹で押し込んでいくと、襞が丸く押し広がって光沢を放ち、ズブズブとローターが呑み込まれていった。

「アア、もっと奥まで……」

彼女が言うと幹男も完全に押し込み、ローターが見えなくなってコードが伸びているだけとなった。

電池ボックスのスイッチを入れると、奥からブーン……と低くくぐもった振動音が聞こえてきたのだった。

3

「あう、いい気持ち、お願い、入れて……」

雅美が呻き、腰をくねらせながら新たな愛液を漏らした。

幹男も身を進め、幹に指を添えて先端を濡れた割れ目に擦り付けながら、ゆっくりと膣口に押し込んでいった。

張り詰めた亀頭が潜り込むと、あとはヌルヌルッと滑らかに根本まで吸い込まれ、彼は脚を伸ばして身を重ねていった。

「アア、いい……!」

雅美が喘ぎ、下から両手で激しくしがみついてきた。

幹男も、温もりと感触を味わい、まだ動かずに快感を噛み締めた。肛門にローターが入っているので締め付けが倍加し、間の肉を通してペニスの裏側にも激しい振動が伝わってきた。

雅美も頑丈に出来ているから遠慮なく体重を預け、彼は上からピッタリと唇を重ねていった。

「ンンッ……」

彼女も熱く鼻を鳴らし、執拗に舌をからめながら、待ちきれないようにズンズンと股間を突き上げはじめた。

幹男も合わせて腰を突き動かすと、

「ああ、いきそう……!」

前後を刺激されてる雅美が口を離して喘ぎ、収縮を活発にさせてきた。

彼も摩擦快感に高まりながら、雅美の喘ぐ口に鼻を押し込んで熱くかぐわしい吐息を嗅ぎ、ジワジワと絶頂を迫らせていった。

溢れる愛液に律動が滑らかになり、クチュクチュと湿った音が聞こえてきた。

正常位も、自分で動きに緩急が付けられ、危うくなると弱めて長引かせることが出来て良いものだった。

それでも、いよいよ限界が迫ると、

「い、いきそう……」

幹男は股間をぶつけるように突き動かしながら言った。

「いいわ、いって、中にいっぱい出して……！」

すると雅美も、声を上ずらせて口走った。やはりさっきの、奥に感じたザーメンの噴出を求めているのだろう。

生理をコントロールするためピルを常用し、中出しも構わないようだ。

それならと遠慮なく彼も動き続け、やがて大きな絶頂の快感に全身を貫かれてしまった。

「く……！」

呻きながら、ありったけの熱いザーメンをドクンドクンと勢いよく膣の奥に注入すると、

「い、いく……、アアーッ……！」

噴出を感じると同時に雅美も声を上げ、オルガスムスに達した。

収縮と締め付けが強まり、ガクガクと狂おしい痙攣を繰り返しながら、雅美は乱れに乱れた。

幹男も心ゆくまで快感を味わい、最後の一滴まで出し尽くしていった。

やがて満足しながら動きを弱め、力を抜いてもたれかかっていくと、

「ああ……、良かったわ……」

雅美も声を洩らし、肌の硬直を解いてグッタリと身を投げ出していった。

互いに動きを止めると、混じり合う荒い息遣いの他は、ローターの振動音だけが続いていた。

幹男は振動と収縮の中で、過敏にヒクヒクと幹を震わせ、雅美の悩ましい刺激を含むと息を嗅ぎながら、うっとりと余韻を味わった。

「あう、ダメ、感じすぎるわ、抜いて……」

雅美も敏感になり、哀願するように言った。

やがて呼吸を整えた幹男は身を起こし、まずはペニスを引き抜いて手早くティッシュで処理をし、電池ボックスのスイッチを切った。

そして切れないよう注意してコードを握り、ゆっくりとローターを引き抜きにかかった。

見る見る肛門が丸く押し広がり、奥からピンクのローターが顔を覗かせると、間もなくツルッと抜け落ちた。

開いた肛門は一瞬ヌメリある粘膜を覗かせたが、見る見るつぼまってレモンの先のようなおちょぼ口に戻っていった。

ローターに汚れの付着はないが、ティッシュに包んで置き、彼は再び添い寝していった。

すると雅美が身を起こし、自分で割れ目を拭いながら屈み込み、満足げに強ばりを解いた亀頭にしゃぶり付いてきた。

「すごいわ、まだ硬くて大きい……」

彼女は尿道口を舐め、久々のザーメンを味わいながら言った。

「あうう……、も、もう勘弁……」

幹男も腰をくねらせながら呻き、彼女の舌で先端を綺麗にしてもらった。

カーリーの力を宿しているので、このまま立て続けに何度でも出来るだろうが今は大きな満足に包まれていた。

「これからも会って……」

「ええ、もちろん」

幹男が答えると、雅美も再び添い寝し、久々にした濃厚なセックスの余韻を堪能しているようだった。

4

「まあ、まさか根本君? どうしたの、一体……」

翌朝、幹男が大学のサークルに行くと、大迫友里子が目を丸くして言った。

彼女は四年生だが就活はせず、このまま研究室に残るらしい。

「ええ、お久しぶりです」

「どうやって痩せたの。教えて!」

彼が答えると、友里子は身を乗り出して言った。

何しろ友里子は、体重九十キロはあろう豊満美女なのである。色白の肌にセミロングの黒髪が映え、胸も尻もボリューム満点で、幹男は香凜に次いで多く妄想オナニーのお世話になっている人だった。

「朝は青汁だけ、昼はマイクロダイエットを飲んで、夕食だけ普通に」

幹男は、雅美に言ったのと同じことを答えた。

「ひどいわ。今までは君が一緒だと私が痩せて見えたのに」

友里子が詰るように言うが、好奇心に目をキラキラさせていた。

「どれぐらいで何キロ痩せたの？　こうして会うのは一カ月ぶりぐらいかしら。まさかひと月で？」

「三十キロ落としました」

「まあ、一日一キロ減？　体調は大丈夫なの？」

「ええ、身体が軽くなったし、力も抜けた分ストレッチをしてます」

「詳しく聞かせて。私も色々試したのだけど無理なの。これから家へ来て相談に乗って欲しいわ」

彼女が迫ると、生ぬるく甘ったるい匂いが漂った。

「今でも充分魅力的なのに」

「そんな気休めは無用よ。じゃ私と結婚してくれる？　無理でしょう？　私自身が痩せたいのだから悩みを聞いて」

友里子は言い、すぐにも立ち上がって研究室を出ようとした。もう卒業の準備も整っているから時間に余裕があるようだ。それに今日は、まだ香凜も講義中でこちらへは来ないだろう。

また幹男は講義をサボることにし、友里子と一緒に大学を出ることになってしまった。

徒歩十分ほどで、住宅街の入り口にあるハイツに着いた。

一階の隅の部屋に招き入れられると、中は広いワンルームと清潔なキッチンがあった。

奥にベッド、手前にテーブルとテレビ、机に本棚。そして数々のダイエットの器具が所狭しと設置されている。しかしテーブルには、ポテトチップスやクッキーの袋なども多く置かれていた。

本棚も、テーピングダイエットから、リンゴ、バナナ、ゆで玉子などのダイエット本が並び、床には乗馬マシン、片隅のぶら下がり健康器は洗濯物掛けになっていた。

「ずいぶん試したんですね。でも、要は意思の問題で、どんな方法でも成功すると思いますけど」

「まあ、悔しい。自分がうまくいったからといって」

友里子が、甘ったるい匂いを漂わせながら迫り、幹男は彼女の情報を得ることにした。

女子高を出るまでは処女。実家は北海道で、大学に入ってから先輩と交際するようになり、挿入快感にも目覚め、一年近く付き合ったが、彼が卒業で地方へ行ってしまうと疎遠になって自然消滅。

それからストレスで食いはじめ、体重も倍近くになり、彼が上京したとき久々に会ったが友里子の体型にガッカリされ、今は彼も別の女性と結婚してしまい、完全に切れてしまったらしい。

今は、やはりオナニー三昧で勉学にも専念し、とにかく彼氏を作ることよりも痩せたい気持ちばかりが強くなっているようだった。

その割りに、どんな方法も効果がないのは、やはり寂しさから何かと口にしてしまうのだろう。

「ね、脱いで身体を見せて」

言われて、幹男も期待に勃起しながら手早く服を脱ぎ去った。

そしてパンツ一枚になってベッドに横たわると、やはり枕にもシーツにも、豊満美女の甘ったるく濃厚な体臭が沁み付いていた。

「すごい、引き締まったわ。肌のたるみも全くない……」

友里子は彼の胸や腹を撫で回し、感嘆の吐息を洩らした。

彼女の口から洩れる息はシナモンに似た匂いを含み、その刺激が鼻腔から股間に悩ましく伝わっていった。

そして肌を撫でている友里子の視線も、ピンピンにテントを張っている股間に釘付けになった。

「私としたいの？」

「ええ、もちろん。何度も友里子さんを思って抜いてきましたから」

「まあ、そんなことを平気で言える子だったかしら。でも君は香凜を好きなのでしょう？」

友里子が言う。やはり日頃からの彼の態度で分かるのだろう。

「ええ、香凜ちゃんは好きだけど、最初は年上に教わるのが夢なので」

また彼は、無垢なふりをして言った。

「いいわ。じゃ好きにしていいから、今後とも私のダイエットのコーチをして」

どうやら、一人で頑張るのではなく、誰かに監視され、痩せるための叱咤激励をされたいのだろう。

いや、それ以上に友里子自身、まずは溜まりに溜まった欲求を解消したいようだった。

「分かりました。じゃ友里子さんも脱いで」

言うと彼女もすぐに脱ぎはじめたので、幹男も腰を浮かせて最後の一枚を脱ぎ去った。

やがて友里子も一糸まとわぬ姿になり、何とも見事な爆乳を息づかせながら添い寝してきてくれた。

「ああ、嬉しい……」

幹男も、また童貞に戻った気分で胸を高鳴らせ、彼女の腕をくぐり抜けて甘えるように腕枕してもらった。

彼女なら、案外以前の幹男でも素直に告白すれば、こんなふうにさせてくれたかも知れないと思ったものだ。だが、そうにしてもかつての自分は何しろシャイで、とても求めることなど出来なかっただろう。

腋の下に鼻を埋めると、そこはジットリと生ぬるく湿り、何とも甘ったるい汗の匂いが濃厚に籠もっていた。

しかも、うっすらとした腋毛も煙っているではないか。

どうやら、どうせ彼氏など出来ないとケアもせず、ジムに通うこともしないから自然のままになっているようだ。

「いい匂い」

「あ……、シャワーを……」

幹男がうっとりと言うと、友里子も急に思い出したように言った。

起き上がろうとして彼女は身じろいだが、もう幹男の勢いは止まらず、しっかりとしがみついていた。

「あ、汗臭いでしょう。いいの……？」

「うん、この匂いずっと嗅いでいたい」

羞じらいに身を震わせて言う友里子に答え、彼は執拗に鼻を鳴らして嗅ぎ、色っぽい腋毛に籠もる濃厚な匂いで胸を満たした。

彼女も、幹男が本当に嫌がっていないのを知って徐々に力を抜き、身を投げ出していった。

彼は嗅ぎながら、目の前で息づく爆乳にそろそろと手を這わせていった。

メロンほどもある膨らみは柔らかく手のひらに余り、乳首も乳輪も初々しいピンク色をし、柔肌にはうっすらと静脈が透けて色っぽかった。

徐々に腋から離れると、友里子も仰向けの受け身体勢になり、彼はのしかかって乳首に吸い付いていった。

舌で転がしながら、顔中で爆乳の感触を味わい、もう片方の乳首にも指を這わせると、

「ああ……、いい気持ち……」

友里子がうっとりと喘ぎ、豊満な肌をうねうねと悶えさせはじめた。

幹男は左右の乳首を交互に味わい、もう片方の腋も嗅いでから白く滑らかな肌を舐め降りていった。

張りのある腹部を舐め、汗ばんだ臍を探り、豊満な腰のラインからムッチリした太腿へ移動し、脚を舐め降りていった。

脛にもまばらな体毛があり、美しい顔とのギャップ萌えで、野趣溢れる魅力を感じながら舌を這わせた。

足裏に回って舌を這わせ、指の股に鼻を割り込ませて嗅ぐと、そこもジットリと生ぬるく湿り、ムレムレの匂いが悩ましく沁み付いていた。

幹男は美女の蒸れた足指の匂いを貪り、爪先にしゃぶり付いて順々に指の間に舌を挿し入れて味わった。

「あう、ダメよ、汚いのに……」

友里子が驚いたように呻き、彼の口の中で指を縮めた。

彼は両足とも存分に味と匂いを貪り尽くすと、いよいよ大股開きにさせて脚の内側を舐め上げていった。

滑らかで量感ある内腿をたどって股間に迫ると、熱気と湿り気が顔中を包み込んできた。

見ると恥毛は濃い方で黒々と艶があり、肉づきが良く丸みを帯びた割れ目からはピンクの花びらがはみ出していた。

幹男は、縦長のハート型をした陰唇に指を当て、グイッと左右に広げた。

中も綺麗なピンクの柔肉で、全体は溢れる愛液にヌメヌメと潤い、膣口が恥じらうように襞を震わせていた。

小さな尿道口もはっきり見え、包皮の下からは意外にも小粒のクリトリスが光沢を放ち、ツンと突き立っていた。

「アア、恥ずかしいわ、シャワーも浴びていないのに……」

友里子は、彼の熱い視線と息を感じて声を震わせ、新たな愛液をトロリと漏らしてきた。

幹男も吸い寄せられるように顔を埋め込み、柔らかな恥毛に鼻を擦りつけて、隅々に籠もる悩ましい匂いを嗅いだ。

汗とオシッコの匂いが蒸れて沁み付き、それに大量の愛液による生臭い成分も艶めかしく鼻腔を刺激してきた。

「いい匂い」

「あう、嘘……！」

嗅ぎながら言うと友里子が呻き、本当に太い太腿でムッチリと彼の顔を挟み付けてきた。

彼は豊満な腰を抱え込んで押さえ、舌を挿し入れて淡い酸味のヌメリを掻き回し、息づく膣口からクリトリスまで舐め上げていった。

「アァッ……、舐めているのね……、嬉しい……！」

友里子が喘ぎ、両手で彼の髪を撫で、頬にも触れてきた。本当に、自分の股間に男の顔があるのを確認しているかのようだった。

上の歯で包皮を剝き、チロチロと舌先で弾くようにクリトリスを舐めると、さらに愛液の量が増し、白い下腹がヒクヒクと波打った。

しかし目を上げても、大きな腹が邪魔をして彼女の表情までは窺えない。

とにかく味と匂いを堪能してから、彼は友里子の両脚を浮かせ、白く豊かな尻に迫った。

巨大なパンでも二つに割るように指で谷間を広げると、これも意外に可憐なピンクの蕾がひっそり閉じられていた。しかし蕾の回りにもまばらな体毛があり、これも実に色っぽかった。

鼻を埋めると顔中に双丘が密着して弾み、蕾に籠もった蒸れた匂いが悩ましく鼻腔を刺激してきた。

彼は嗅いでから舌を這わせ、ヌルッと潜り込ませて滑らかな粘膜も探った。

「あう……、ダメ……」

友里子が驚いたように声を洩らし、キュッときつく肛門で彼の舌先を締め付けてきた。

やはり元彼は、爪先や肛門を舐めないダメ男だったようだ。

幹男は充分に舌を蠢かせ、ようやく脚を下ろすと再び割れ目に戻ってヌメリをすすり、クリトリスに吸い付いていった。

「も、もういいわ、変になりそう……」

すると友里子が声を震わせて言い、彼の顔を股間から追い出しながら身を起こしてきたのだった。

幹男も素直に移動して仰向けになると、彼女がペニスに顔を寄せてきた。

幹に指を添え、粘液の滲む尿道口を丁寧に舐めてから、張り詰めた亀頭をくわえ、モグモグとたぐるように根元まで呑み込んできた。

そして幹を締め付けて吸い、熱い息を股間に籠もらせながら、ネットリと執拗に舌をからめてくれたのだった。

5

「あう、気持ちいい……」

幹男は快感に呻き、美女の口の中で生温かな唾液にまみれた肉棒をヒクヒク震わせた。

「ンン……」

友里子も熱く鼻を鳴らし、顔全体を小刻みに上下させ、濡れた口でスポスポと強烈な摩擦を繰り返してくれた。

幹男も合わせてズンズンと股間を突き上げはじめて快感を高めたが、いよいよ危うくなってきた。

「い、いきそう……、跨いで入れて……」

絶頂を迫らせた彼が言うと、やはり友里子も早く一つになりたいのか、すぐにもスポンと口を離して身を起こした。

「私が上でいいの？　重いわよ……」

「うん、全身で感じてみたい」

答えると、友里子も遠慮なく前進して彼の股間に跨がり、唾液にまみれて勃起した幹に指を添え、先端に割れ目を押し当ててきた。

息を詰めて位置を定めると、彼女はゆっくり腰を沈み込ませ、ヌルヌルッと滑らかに受け入れていった。

「アアッ……！」

根元まで納めると、彼女はビクリと顔を仰け反らせて喘ぎ、ピッタリと股間を密着させて座り込んだ。

もちろん重いが力を宿しているので、彼も快感だけを味わった。

中は熱く濡れ、締め付けも肉襞の摩擦も実に心地よい。

「ああ、気持ちいいわ……」

友里子は彼の胸に両手を突っ張り、上体を反らせて喘いだ。そして密着した股間をグリグリ擦り付けてから、ゆっくり身を重ねてきた。

幹男も下から両手で抱き留め、両膝を立てて豊満な尻を支えた。

彼の胸に爆乳が押し付けられて弾み、ズンズンと股間を突き上げると、大量のヌメリですぐにも動きが滑らかになった。

「あう、もっと突いて……」

友里子がのしかかったまま呻いて言った。やはり自分から動くのは億劫だろうから、幹男の方がメインで股間を突き上げてやった。

下から唇を重ねると、

「ンンッ……！」

友里子も上からピッタリと押し付け、熱く鼻を鳴らしながらネットリと舌をからめてきた。

彼女の舌は滑らかに蠢き、生温かな唾液にたっぷり濡れていた。

突き上げていると収縮と締め付けが増し、粗相したように大量の愛液が漏れて互いの股間をビショビショにさせた。やはり、それだけ水分が余っているのかも知れない。

「アア……、いきそうよ……」

友里子が口を離して喘ぎ、自分からも腰を遣いはじめた。

口から吐き出されるシナモン臭の熱い息を嗅ぎ、幹男も絶頂を迫らせた。

もちろん彼女もピルを常用し、中出しも大丈夫なようだ。

すると先に、友里子の方がガクガクと狂おしいオルガスムスの痙攣を開始したのだった。

「い、いっちゃう、すごいわ、ああーッ……！」

声を上ずらせて喘ぎ、きつい締め付けと潮吹きが彼自身を包んだ。

「く……！」

とうとう幹男も昇り詰め、快感の中で呻いた。同時にありったけの熱いザーメンがドクンドクンと勢いよく内部にほとばしり、奥深い部分を直撃した。

「ヒッ……、もっと……！」

熱い噴出で駄目押しの快感を得た友里子が息を呑み、さらにキュッキュッときつく締め上げてきた。

幹男は激しく股間を突き上げ、何とも心地よい摩擦の中で心置きなく最後の一滴まで出し尽くしていった。

すっかり満足しながら徐々に突き上げを弱めていくと、彼女もグッタリと力を抜いて体重を預けてきた。

重みと温もりを受け止め、幹男は彼女の吐き出すかぐわしい息を胸いっぱいに嗅ぎながら、うっとりと余韻を味わった。

「アア、こんなに良かったの初めて……」

友里子も満足げに声を洩らし、いつまでもヒクヒクと肌を震わせていた。

やがて呼吸を整えると、彼女も長く乗っているのを悪いと思ったか、股間を引き離して起き上がった。

幹男もベッドを降りて、一緒にバスルームへ行って全身を洗い流した。

「まさか、根本君とするなんて夢にも思わなかったわ……」

ようやく落ち着くと、友里子はあらためて彼を見ながらしみじみと言った。

「ね、オシッコするところ見せて」

幹男は狭い洗い場に腰を下ろし、目の前に彼女を立たせて言った。

「そんなの見ても仕様がないでしょう……」

「見てみたい。自分で割れ目を広げて」

言うと、まだ余韻で朦朧としている友里子も言いなりになり、自ら指で割れ目を広げて股間を突き出してくれた。

「アア、恥ずかしい。少しなら出るかも……」

声を震わせながら尿意を高めると、すぐにもチョロチョロと熱い流れがほとばしってきた。

幹男は舌に受けて味わい、淡い匂いを堪能しながら喉を潤した。

しかし言っていた通り、あまり溜まっていなかったか、流れはすぐに治まってしまった。

彼は残り香の中で余りの雫をすすり、割れ目を舐め回した。

「あう、もうダメ、今日はもう充分すぎるわ……」

友里子は言って股間を引き離し、座り込んでもう一度シャワーを浴びた。

幹男も立ち上がって互いに身体を拭き、部屋に戻って身繕いをした。

「今ので少し痩せたかしら」

彼女は言って、部屋の隅の体重計に乗ったが、

「ああ、見なければ良かった。昨日より増えてるわ……」

ガッカリして言ったものだった。

「また大学へ戻る？　ゆっくりしていって」

友里子が言い、コーラとお菓子を出そうとするので、

「あ、コーラやジュースはもう捨てましょう。今後は野菜ジュースだけにして」

幹男は言い、コーラのペットボトルを取り上げて流しに捨てた。

「ああ、勿体ない。野菜ジュースなんて、美味しくないわ」

「それでも我慢です。このお菓子は持って帰ります。もう買わないように」

「君が食べるの？」

「いいえ、ホームレスにあげます」

彼は言い、そこにある菓子類や冷蔵庫のケーキなどを全て紙袋に詰めた。

「大学へ戻るなら私も行くわ。一緒に昼食しましょう」

「ダメです。青汁で我慢しましょう。買ってあげます」

「そ、そんなあ……」

友里子が情けない声を出した。

「その代わり、今より少しでも体重が減っていたら、今日よりもっと気持ち良くしてあげますからね」

「本当？　それなら頑張れるかも……」

友里子が言い、やがて二人でハイツを出た。

大学へ向かう途中の歩道橋の下に、毛布や酒瓶が置かれていた。今は留守らしいがホームレスのたまり場である。

幹男は、そこに菓子の入った紙袋を置いて、一緒に大学へと向かった。

すると途中で、二十歳前後の頭の悪そうな不良が二人、

「デブのお姉さん、お金貸してくれない？」

と声を掛けてきたので、幹男は激昂した。

「虫ケラ！」

二人の髪を摑んで、渾身の力で顔同士を衝突させてやった。

「むぐ……！」

二人は鉢合わせして鼻骨と前歯と顎関節を粉砕し、白目を剝いて昏倒した。

それを道端のゴミ置き場に放り投げ、呆然としている友里子を促した。

「行きましょう」

「す、すごいのね……、一発で伸びてるわ……」

「女性を侮辱する奴は、生かしておく必要はないです」

幹男は言ったが、あの二人も重症だが死んではいないだろう。もっとも数年は
流動物しか口に出来ないかも知れない。

「わ、私、君に付いていくわ。何でも厳しく指導して……」

友里子が熱い眼差しで言い、幹男は途中のスーパーで青汁を買ってやった。

そして大学に戻り、幹男は講義を受け、友里子はサークルの部屋に戻って卒論の見直しでもするようだった。

香凜に力を貰ってから、幹男は講義も良く頭に入り、教科書の全てが理解できるようになっていた。この分なら、何でも希望の仕事に就けるだろうが、今しばらくは学生生活を楽しもうと思ったのだった。

第三章　大人の世界の家庭教師

1

「まあ、まさか根本先生……？」

幹男が月一回の呼吸器科へ行こうとすると、途中で声を掛けられた。

それは呼吸器科の主治医である、吉住真矢子《よしずみまやこ》の娘、十八歳で女子大一年生の絵美《えみ》だった。

絵美が彼を先生と呼ぶのは、今年の春まで家庭教師をしていたからだ。

無事に女子大に合格させ、真矢子からも厚く礼を言われたものだ。

絵美は笑窪と八重歯の愛らしい美少女で、会うのは半年ぶりである。

とにかく、会う人がみな彼の体型の変化に驚くので、常に説明をするのが面倒になってきた。

「やあ、久しぶりだね。これからママの医院へ行くところなんだ」

「どうしたんですか。そんなに痩せて……」

愛くるしい顔を向け、絵美が言う。

彼女の高校時代から勉強の面倒を見てきたが、もちろん幹男は、この無垢な美少女の面影でもオナニーのお世話になっていた。

「ママから、痩せろっていつも言われていたからね、何とかダイエットを成功させたんだ」

「そうなんですか、すごいわ……」

絵美が感嘆し、ふんわりと甘酸っぱい匂いが漂った。

一緒に医院まで歩くと、やがて絵美は挨拶して裏にある母屋に入って行った。

そして幹男は、内科と呼吸器科を開院している医院に入った。

真矢子は三十九歳の、美しく艶めかしいメガネ女医。夫は大学病院に勤め、絵美は一人娘だ。

呼ばれて入ると、思った通り真矢子もレンズの奥の目を丸くして驚いた。

「まあ！　本当に根本さん？　どうして……」

白衣のメガネ美女が、思わず立ち上がって言った。

「ええ、この一カ月ダイエット頑張りましたので、おかげさまで」

「ちょっと、体重計に乗って」

真矢子が言い、幹男も隅にある体重計に乗った。着衣なので一キロ引くことになっているが、それでも七十キロに満たない。

「信じられないわ。短期間で無茶したらダメよ」

真矢子は彼を椅子に座らせ、血圧を測りながら言った。そして訊かれるまま、幹男も皆に説明したとおりのダイエット法を話した。

さらに呼吸器にセットされていたチップも持ってきたので、それを渡すと真矢子は機械に入れて、この一カ月の使用状況を確認した。

「毎日七時間使用して、よく眠れているようだけど、この二日間はデータが入ってないわ」

「ええ、もう大丈夫と思い、使っていないんです。でも良く眠れてます」

「そう、でもそれは検査してから決めるわ。一応今夜も使って」

真矢子は言い、チップを返してきた。

幹男が大学に入って間もなく、新入生の一泊旅行のとき、彼は友人から、夜はイビキがひどく、呼吸が止まっていることがあると言われたのだ。

確かに自分でも睡眠が浅くて昼間も居眠りが出るし、呼吸が苦しくて何度も目覚めることがあったから思い当たった。

そこで区民病院に行って二泊の検査入院の結果、無呼吸症と診断され、近所にあるこの吉住医院を紹介されたのである。

呼吸器はレンタルで、その支払いに月一回こうして通っているのだ。

毎回、体重と血圧を計り、三カ月に一回は採尿と検尿もしてデータを出してきたが、結局は痩せるしかないと言われ続けてきた。

そして真矢子は、家も近所だし幹男が名門大学にいるので、絵美の大学受験のための家庭教師をお願いされたのである。デブなら、高校生の娘も彼に恋をしたりしないし、気が散らないと思われたのかも知れない。

「血圧も正常に戻ってるわ」

「ええ、もう呼吸器も要らないようなので、一度検査して欲しいんですが」

「分かったわ。近々検査入院しましょう」

言うと真矢子も頷いてくれた。

知的なメガネ美女で白衣が似合い、胸も豊かで実に色っぽい人妻女医だった。

もちろん今まで彼は、絵美同様に真矢子の面影にも妄想オナニーでお世話になっていた。

「明後日、金曜の夜は空いている？」

真矢子が、カレンダーの予定表をチェックしながら言った。

「大丈夫です」

「じゃ夕食後の九時頃に来て。それまで生活も、普段通りにして。その時に採尿と採血もするわ。不要になるかも知れないので機械も持ってきて」

「分かりました」

「服をめくって」

彼女が聴診器を構えて向き直ったので、幹男もシャツをめくり上げて胸と腹を出した。

「すごい、本当に引き締まってる……」

真矢子は聴診器を当てながら呟き、心音に異常がないことも確認した。

「まさか別人じゃないでしょうね。あ、このホクロは見覚えがあるわ」

彼女は言い、幹男の左胸の小さなホクロを見て、やっと確信したようだった。

「こんなことがあるのね。この一年半、ずっと瘦せろと言い続けてきたけど、急に標準体重になるなんて……」

真矢子は興奮覚めやらぬように言って聴診器を下ろし、彼もシャツを戻した。

「じゃ、明後日じっくり検査しますからね」

「はい、よろしくお願いします」

幹男は答えて診察室を出た。そして待合室で支払いを済ませたが、受付の小母さんは新人らしく、幹男の変化は知らないようだった。

やがて医院を出ると、裏にある母屋から絵美が出てきた。

「根本先生、お時間あるかしら」

「ああ、大丈夫だよ」

「お部屋に来て下さい。少しお話ししたいの」

絵美に言われ、彼は母屋の玄関から入り、二階の彼女の部屋に行った。

家庭教師時代は年中ここに入り、勉強を教えたものだ。

半年経っても室内は変わらず、ベッドに机に本棚とぬいぐるみ、籠もる思春期の匂いもあの頃と同じだった。

真矢子は夕方まで診察だから、しばらくは母屋に戻ってこない。

「学生生活は楽しい？」

「ええ、お友達も多く出来ました」

椅子に座って訊くと、絵美はベッドの端に腰を下ろして答えた。

「でも、みんなもう体験者なんです」

「体験って、エッチの？」

胸を高鳴らせて訊くと、絵美もモジモジと小さく頷いた。

「じゃまだ絵美ちゃんは何も知らないんだ。エッチどころかキスも」

言うと絵美は水蜜桃のような頬を染め、恐る恐る目を上げた。

「根本先生は彼女いるの？　痩せたからモテるんでしょう？」

「いや、やっと苦しいダイエットを終えて、これから積極的に動こうと思っているところだから、まだ誰もいないよ」

また彼は無垢を装い、絵美の心根から情報を得た。

やはり女子高から女子大だし、合コンに一度行ったらしいが軽い男ばかりで興味が湧かなかったらしい。

そして家庭教師時代から、彼女は何となく幹男へほのかな思いを寄せていたようなのだ。

ダサいデブなら大丈夫という真矢子の思惑は外れたが、もちろんそれは一人っ子による兄に対するような親しみに過ぎなかっただろう。

しかし今日、痩せてカッコ良くなった彼を見て、急に兄への気持ちが恋心のようなものに変化したようだ。

それに絵美自身、周囲が体験者ばかりなので、性への激しい好奇心もあるに違いなかった。

「先生も何も知らないなら、大人の世界の家庭教師は無理ね……」

「そんなことないよ。知識は絵美ちゃんよりあるだろうし」

「本当……？」

「うん、教えてもいい？　僕でも嫌でなかったら」

「嫌じゃないわ。何となく前から、先生に教わりたい気持ちがあったから」

可憐な声と眼差しで言われて、彼は痛いほど股間が突っ張ってきてしまった。

これもやはり、香凜の力のおかげなのだろう。今までと同じダサいデブだったら、絵美もこんな気持ちにはならなかったに違いない。

「じゃ、思い切って全部脱いじゃってね」

「私だけじゃ恥ずかしいので、先生も」

絵美が言い、カーテンを閉めてブラウスのボタンを外しはじめた。

それでもまだ秋の日は高くて室内は明るく、真矢子が戻る夕方までには充分すぎる時間があった。

もちろん幹男は診察前にシャワーを浴びてきたし、絵美は今日の昼過ぎまで女子大にいて、ナマの匂いをたっぷり籠もらせていることだろう。

2

「ああん、ドキドキしてきたわ……」

ブラを外しながら絵美が言い、最後の一枚がなかなか脱げないでいた。

幹男もパンツ一枚になり、あることを思い付いた。

「そうだ。高校時代の制服、まだ持っているかな?」

「ええ、あるけど……」

言うと、絵美が顔を上げて答えた。母親に似て、なかなかに形良いオッパイをしていた。

「それを着てほしいんだ。前から絵美ちゃんの制服姿が好きだったから」

幹男は言い、期待と興奮に激しく勃起していった。

以前も家庭教師の時、彼が部屋で待っていると絵美が制服姿のまま急いで帰宅し、息を弾ませ甘ったるい汗の匂いを漂わせながら椅子に座って勉強したこともあったのだ。

「まだ着られるかしら……」

絵美は答え、下着一枚でロッカーを開け、奥から高校時代のセーラー服を取り出してくれた。

着られるも何も、まだ高校卒業から半年ちょっとだし、彼女の体型は変わっていない。

彼女は濃紺のスカートを穿くと、ようやく裾をめくって下着を下ろし、脱ぎ去ってから手早く制服を着てくれた。

それは白い長袖のセーラー服で、襟と袖だけ紺色をし、三本の白線があった。

そしてスカーフは白。

しかもコスプレではなく、実際に彼女が三年間着ていたもので、スカートの尻は僅かにすり切れて光沢を放っていた。

「わあ、可愛い、あの頃のままだよ」

幹男は可憐な姿に目を見張って言い、自分も最後の一枚を脱ぎ去ってベッドに仰向けになった。やはり枕には、悩ましい美少女の汗や涎の匂いが濃厚に沁み付いていた。

「じゃ、ここに座ってみて」

「え？　おなかに……？」

「そうしたいとずっと思っていたものだから」

初体験から、あまり変なことをさせるのも酷だが、どうしても制服姿の絵美に跨がってもらいたかったのである。

彼女もベッドに上り、まだあまりペニスの方には目を遣らないようにしながら言われるまま恐る恐る彼の下腹に跨がり、しゃがみ込んできた。

「ああ、変な感じ……」

ピッタリと座り込むと、ノーパンだから無垢な割れ目が直に肌に密着し、彼女は声を震わせて言った。

「もう少し下の方。そして膝に寄りかかって」

言うと絵美も僅かに後方にずれ、彼が立てた両膝に寄りかかった。

「じゃ両脚を伸ばして、顔に乗せてね」

幹男は言いながら彼女の両足首を摑み、顔に引き寄せた。

「あん、いいの？　こんなこと……」

絵美も腰をよじりながら、引っ張られるままとうとう両足の裏を彼の顔に乗せてしまった。

幹男は、美少女の全体重を受け、陶然となりながら顔中で足裏を味わった。

彼女がバランスを取ろうと身じろぐたび、密着した割れ目が下腹に擦り付けられ、徐々に潤ってくる感触が伝わってきた。

両足首を押さえ、踵から土踏まずに舌を這わせながら、縮こまった指に鼻を押し付けると、そこは生ぬるい汗と脂にジットリ湿り、蒸れた匂いが濃く沁み付いていた。

匂いの刺激がペニスに伝わり、覆いかぶさるスカートの中でヒクヒクと上下する幹がトントンと彼女の腰を軽くノックした。

充分に嗅いでから爪先にしゃぶり付き、全ての指の股にヌルッと舌を割り込ませて味わった。

「あう、ダメ……、汚いです……」

絵美は呻き、さらに身をくねらせて潤いを増していった。

やがて両足とも、味と匂いが薄れるほど貪り尽くすと、彼は絵美の両手を握って引き寄せた。

「顔に跨がってね」

「アア……」

興奮しながら言うと、やはり絵美も拒まず、引っ張られるまま両足を幹男の顔の左右に置いて前進し、とうとう和式トイレスタイルで彼の顔にしゃがみ込んできた。

正に女子高生のトイレ姿を、真下から見ることが出来た。

健康的な脚がムッチリとM字になって張り詰め、ぷっくりした割れ目が鼻先に迫ってきた。

神聖な丘には楚々とした若草が、ほんのひとつまみ恥じらうように煙り、割れ目からはピンクの花びらが僅かにはみ出していた。

そっと指を当てて小振りの陰唇を左右に広げると、中も綺麗な柔肉で、ヌメヌメと清らかな蜜に潤っていた。

処女の膣口は花弁状に襞を入り組ませて息づき、小さな尿道口も確認でき、包皮の下からは小粒のクリトリスが顔を覗かせていた。

何という綺麗な割れ目であろう。しかし熱気と湿り気が籠もり、蒸れた匂いを含んで顔中を包み込んできた。

そのまま腰を抱き寄せ、割れ目に鼻と口を密着させると、

「あう……！」

絵美が呻き、思わずギュッと座り込みそうになりながら両足を踏ん張った。

柔らかな若草に鼻を埋め込んで嗅ぐと、生ぬるく蒸れた汗とオシッコの匂いが何とも悩ましく鼻腔を刺激してきた。

（ああ、処女の匂い……）

幹男は感激と興奮に包まれながら美少女の匂いを貪り、陰唇の内側に舌を這わせていった。

やはりヌメリは淡い酸味を含んで舌の動きを滑らかにさせ、膣口の襞をクチュクチュ掻き回し、味わいながらゆっくり柔肉をたどってクリトリスまで舐め上げていくと、

「アアッ……！」

絵美がビクリと反応して熱く喘いだ。

彼は執拗にクリトリスを舐めては、新たに溢れる蜜をすすった。

仰向けなので、自分の唾液が割れ目内部に溜まることなく、愛液だけが分泌される様子も舌に伝わってくるようだ。

味と匂いを充分に味わってから、彼は絵美の尻の真下に潜り込んだ。

大きな水蜜桃のような尻の谷間には、ひっそりと薄桃色の蕾が閉じられ、細かな襞を息づかせていた。

鼻を埋め込むと、顔中に弾力ある双丘が心地よく密着し、蒸れた匂いが悩ましく鼻腔を刺激してきた。

胸を満たしてから舌を這わせ、収縮する襞を濡らしてヌルッと潜り込ませた。

「あう、ダメ……」

絵美が呻き、反射的にキュッときつく肛門で舌先を締め付けてきた。

幹男は滑らかな粘膜を探り、淡く甘苦い味覚を堪能した。

充分に味わってから、再び割れ目に舌を戻し、溢れる蜜をすすってクリトリスを舐め回した。

「アア、ダメ、漏れちゃいそう……」

「いいよ、出しても」

絵美が刺激に尿意を催したように言うので、彼も嬉々として答えた。

バスルームではないが、力を宿しているから清らかな処女のオシッコを全て飲めるだろう。

それに絵美も、大洪水になるほど溜まってはいないに違いない。

「ああ、本当に出る……」

彼女が息を詰めて言うなり、チョロッと熱い流れがほとばしってきた。

仰向けなので味と匂いを堪能する余裕もなく受け止め、噎《む》せないよう夢中で喉に流し込むと、緩やかに勢いが増した。

「アア……」

絵美が喘ぎながら漏らし続け、それでも思っていたように間もなく治まってしまった。

幹男はようやく淡い匂いを堪能しながら余りの雫をすすり、新たな愛液を舐め取りながらクリトリスを刺激してやった。

「も、もう止して……」

すると絵美も、上体を起こしていられずに突っ伏して言い、そろそろと彼の顔から股間を引き離して荒い息遣いを繰り返した。

彼も添い寝させて絵美の手を握り、そっとペニスに引き寄せていった。

絵美も触れると、思わずビクッと手を引っ込めようとしたが、やはり好奇心が勝ったように、柔らかく汗ばんだ手のひらに包み込んでくれた。

感触を探るようにニギニギと動かしたので、

「ああ、気持ちいい……」

幹男は言いながら彼女の顔を下方へと押しやった。

絵美も素直に移動し、やがて大股開きになった真ん中に腹這い、可憐な顔を股間に迫らせてきた。

3

「こうなってるの……、おかしな形……」

彼女は熱く無垢な視線を注いで言うと、次第に遠慮なく幹を撫で、張り詰めた亀頭にも触れ、さらに陰嚢を探って睾丸を確認し、袋をつまみ上げて肛門の方まで覗き込んできた。

「嫌じゃなかったら、お口で可愛がって……」

無垢な視線を受けながら、幹男は胸を高鳴らせてせがんだ。

「うん、こうして」

すると絵美は、何と彼の両脚を浮かせて尻から迫ってきたのだ。

「いいよ、そこは……」

「ううん、すごく気持ち良くて恥ずかしかったから、私も」

遠慮すると彼女が言い、ためらいなくチロチロと肛門を舐め回してくれた。

熱い鼻息が陰嚢をくすぐり、絵美がヌルッと潜り込ませると、

「あう……」

幹男は妖しい快感に呻き、申し訳ない思いでモグモグと肛門を締め付けて処女の舌先を味わった。

やがて彼が脚を下ろすと、絵美も自然に舌を引き離し、そのまま陰嚢をしゃぶってくれた。二つの睾丸を転がし、生温かな唾液にまみれさせると、身を乗り出して肉棒の裏側を舐め上げてきた。

滑らかな舌が先端まで来ると、彼女は幹に指を添え、粘液の滲む尿道口を念入りに舐め回し、張り詰めた亀頭も含んでくれた。

「ああ、気持ちいい、深く入れて……」

喘ぎながら言うと、彼女もスッポリと喉の奥まで呑み込んできた。

温かく濡れた美少女の口腔に深々と含まれ、彼は清らかな唾液にまみれた幹をヒクヒク震わせた。

「ンン……」

絵美も熱い息で恥毛をくすぐり、幹を締め付け笑窪を浮かべて吸いながら、口の中ではクチュクチュと滑らかに舌をからめてくれた。

思わず小刻みにズンズンと股間を突き上げると、絵美も合わせて顔を上下させ濡れた口で摩擦を繰り返した。

「い、いきそう、待って……」

危うく漏らしそうになって言うと、絵美も愛撫を止めてチュパッと口を離してくれた。

「入れたい、いい？」

「ええ……」

言うと彼女も再び横になり、入れ替わりに幹男は身を起こしていった。

やはり初体験は正常位が良いだろう。

大股開きにさせて股間を進め、唾液に濡れた幹に指を添えて下向きにさせ、彼は先端を割れ目に擦り付けた。

彼女も、すっかり初体験を覚悟し、長い睫毛を伏せて神妙に身を投げ出している。やがて位置を定めると、幹男はゆっくり股間を進め、処女の膣口に挿入していった。

張り詰めた亀頭が処女膜を丸く押し広げて潜り込むと、あとはヌルヌルッと滑らかに根元まで吸い込まれた。

さすがにきつい感じはするが、愛液が充分なので難なく入り、彼は熱いほどの温もりと締め付けにうっとりとなった。

「アア……」

絵美も顔を仰け反らせて、破瓜の痛みに微かに眉をひそめて喘いだ。

まだ動かず、彼は股間を密着させて感触を味わい、脚を伸ばして身を重ねていった。

そして屈み込んで制服の裾をめくり、清らかなピンクの乳首にチュッと吸い付き、舌で転がした。しかし絵美の全神経は股間に集中しているようで、乳首への反応はなかった。

幹男は左右の乳首を交互に含んで舐め回し、さらに乱れたセーラー服に潜り込み、ジットリ湿った腋の下にも鼻を埋め込んで嗅いだ。

やはりそこは、何とも甘ったるい汗の匂いが生ぬるく籠もり、うっとりと彼の胸を酔わせた。

その間も、膣内は異物を確かめるかのようにキュッキュッと小刻みな収縮が繰り返され、その刺激で堪らなくなり、彼も徐々に小刻みに腰を突き動かしはじめてしまった。

まさか患者を診察している真矢子も、帰ったと思った幹男が母屋の二階で、こうして一人娘の処女を奪っているなど夢にも思わないだろう。

「あう……」

絵美が奥歯を嚙み締めて呻いた。

「大丈夫？　痛ければ止すけど」

「平気です、最後までして……」

気遣って囁くと、絵美が健気に答え、下から両手でしがみついてきた。

ピルを飲んでいるいないにかかわらず、魔界の力があれば望まない妊娠はしないだろうと彼は思った。

そろそろと様子を見ながら律動を続け、彼は何とも心地よい肉襞の摩擦と締め付けを味わった。

そして美少女の白い首筋を舐め上げ、上からピッタリと唇を重ねていった。

どうしても幹男にとってのキスは、交わった最後にする癖があるようだ。

これが絵美のファーストキスになろう。

幹男は、美少女の柔らかく弾力あるグミ感覚の唇を味わい、唾液の湿り気を貪った。舌を潜り込ませると、滑らかな歯並びと愛らしい八重歯に触れ、彼は左右にたどって舐め回した。

すると絵美も歯を開いて受け入れ、彼は侵入して生温かな唾液に濡れた美少女の舌を探った。

「ンン……」

絵美も熱く鼻を鳴らし、チロチロと遊んでくれるように蠢かせた。

その滑らかな感触と柔らかさに、思わず彼もズンズンと激しく腰を突き動かしてしまった。

「アア……」

絵美が口を離して喘いだ。

口から熱く洩れる吐息は湿り気を含み、何とも甘酸っぱい芳香が含まれて悩ましく鼻腔を刺激してきた。

まるでイチゴかリンゴでも食べた直後のようで、幹男は美少女の果実臭の息を胸いっぱいに嗅ぎながら絶頂を迫らせた。

そしてリズミカルな摩擦と美少女の吐息に高まり、とうとう幹男はそのまま昇り詰めてしまったのだった。

「く……！」

突き上がる大きな絶頂の快感に呻き、熱い大量のザーメンをドクンドクンと勢いよくほとばしらせた。

「あう……、感じる……」

すると奥に噴出を感じたか、絵美も呻きながらキュッときつく締め付けた。

まだ快感には到らないかも知れないが、彼が昇り詰めたことは無意識に察したのだろう。

中に満ちるザーメンで、さらに動きがヌラヌラと滑らかになり、彼は心ゆくまで快感を味わい、最後の一滴まで出し尽くしていった。

「ああ……」

すっかり満足しながら声を洩らし、幹男は徐々に動きを弱め、力を抜いて絵美にもたれかかっていった。

まだ膣内は息づき、彼自身もヒクヒクと過敏に幹を震わせていた。

幹男は、処女を失ったばかりの美少女の喘ぐ口に鼻を押し込んで、甘酸っぱい吐息で胸を満たしながら、うっとりと快感の余韻を味わった。

やがて呼吸を整えると、彼はそろそろと身を起こし、股間を引き離した。

枕元にあったティッシュを手にし、手早くペニスを拭いながら割れ目に屈み込むと、花びらが痛々しくめくれ、膣口から逆流するザーメンに、うっすらと鮮血が混じっていた。

それを見ると、あらためて処女を奪ったのだという実感が湧いたが、出血はそれほど多くなく、すでに止まっているようだ。

幹男は優しくティッシュを押し当てて拭き清めてから、絵美に再び添い寝していった。

「これで、やっと大人になれました……」

絵美が肌を寄せながら言い、幹男も、彼女が後悔している様子がないので安心したものだった。

「女子大の友達にも話す?」

「ええ、言っちゃうかも知れません……」

訊くと絵美が答え、そのまま甘えるように腕枕をせがんできた。

もちろん幹男も、絵美とは一番年齢も釣り合う恋人だから、誰に言われても構わなかった。

幹男も、美少女の黒髪から漂う幼く乳臭い匂いに酔いしれながら、深い満足を嚙み締めたのだった。

4

「ね、私、幹男さんにお願いがあるのだけど……」

夕食も終え、あとは寝るだけとなった頃、いきなり香凜がアパートに来て幹男に言った。

長年の憧れだった香凜と懇ろになれたのに、会うのは初体験の時以来である。

「うん、なに?」

幹男は答えながら、夕刻に絵美としたばかりなのに、やはり香凜の美しい顔を見ると、またムクムクと勃起してきてしまった。

本当なら、毎日でも会っていたかったが、何しろ香凜はあやかしである。

それより彼は、香凛にもらった力を駆使し、他の女性たちを攻略するのに夢中になっていたのだった。

もちろん幹男が、女性たちと接するたび心の中の情報まで得られるようになったのだから、香凛ならなおさら、彼が何をしてきたかお見通しだろう。

「実は私、幹男さんだけでなく、一度でいいから人の女を食べてみたいの」

「うわ、それは僕のように再生できるんだろうね……?」

言われて、幹男は驚きながら答えた。

「ええ、もちろん」

「それなら太った女性、すごく痩せたがってる友里子さんとか?」

「そう、私はサークルですごく面倒を見てもらっているし、私も友里子さんは好きだから、何とか余分なものを吸収してあげたいの」

「なるほど、それなら香凛の欲望は満たせるし、友里子さんは痩せられるから一石二鳥だね」

「今度の土曜、友里子さんを誘って私の家に来て。そこで三人でしたいの。どうしても女同士だけより、男の手助けも必要だから」

では一種の3Pなら、彼も快楽が得られて一石三鳥になる。

しかも、幹男の時は気を失って分からなかった部分を目の当たりに出来るかも知れないのだ。

それは何ともゾクゾクと興奮する出来事だろう。

元より友里子が命を失うわけではないし、どんな手を使っても彼女は痩せたいと懇願しているのだ。

「でも、行為のあと体重が半分近くに痩せていたら、いくら嬉しくても仕組みを知りたがるだろうね」

「ええ、だから友里子さんには私の正体を明かすわ。一年半も彼女を見てきて、秘密を守る人だと確信しているので」

香凜が意を決したように言った。

「そう、香凜がそう言うなら大丈夫だね」

幹男も納得して答えた。

確かに友里子なら、痩せさせてくれた恩義を感じ、香凜が魔女カーリーだという秘密は絶対に他に漏らさないだろう。

「ただ周囲が、あまりに彼女の激変に驚くだろうから、数カ月は休学してもらうのがいいわね」

「うん、彼女はもう卒論も出来てるだろうから、卒業まで休んだって大丈夫だと思う。実家へ数カ月帰って節制したと言って戻ってくれば、みんなも驚きながら納得するだろうね」

「じゃ決まりだわ。土曜の昼過ぎにでも来て」

香凜が期待に目を輝かせて言う。一体、ペニスのない同性をどのように膣から食うのが分からないが、何とも楽しみだった。

香凜の屋敷も、あのときは朦朧として場所がよく分からなかったが、すっかり力を宿した今は、難なくタクシーで案内できると思った。

「ね、勃ってきちゃった……」

話を終えると、幹男は甘えるように言って、香凜ににじり寄った。

「いくらでも、する相手がいるでしょう。友里子さんとか、スポーツ講師の雅美先生とか、家庭教師していた少女とか」

「うわ、やっぱり全部知ってたんだ。もしかして妬いてるの？」

拗ねたように言う香凜に、生まれて初めて焼き餅を焼かれた幹男は有頂天になって言った。

「誰としても妬かないけど、私が何日も放っておかれたから」

「ごめんよ。その分まで取り戻すから」

幹男は言って手早く脱いでいくと、彼女もすぐに脱ぎはじめてくれた。

全裸になり彼が布団に横になると、香凜も一糸まとわぬ姿になって添い寝してきた。

彼は腋の下に鼻を埋め込み、張りのある膨らみに手を這わせて揉みながら、指の腹で乳首をいじった。

汗ばんだ腋の下は甘ったるい匂いが濃厚に沁み付き、匂いも感触も、肉体の構造は全く他の女性と変わりなかった。たった一つ、口にある歯が膣口に移動するという点を除いては。

「アア……」

香凜も、機嫌を直したように熱く喘ぎ、クネクネと悶えはじめた。

幹男ものしかかり、仰向けになった彼女の左右の乳首を交互に含んで舐め回し顔中で柔らかな膨らみを味わった。

肌を舐め降りて臍を探り、腰から脚を舌でたどっていくと、香凜もじっとしていられないように腰をくねらせていた。足裏を舐め、指の股に鼻を割り込ませると、蒸れた匂いが濃く沁み付いていた。

幹男は両足とも充分に嗅いでから爪先をしゃぶり、指の股を味わい尽くしてから、股を開かせて脚の内側を舐め上げていった。

白くムッチリした内腿をたどって股間に迫ると、悩ましい匂いを含んだ熱気が籠もっていた。

はみ出した陰唇はヌメヌメと蜜にまみれ、指で広げると膣口が息づき、光沢あるクリトリスがツンと突き立っていた。

もちろん今は、膣口に歯は見えない。

顔を埋め込み、柔らかな恥毛に鼻を擦りつけて嗅ぐと、生ぬるく蒸れた汗とオシッコの匂いが籠もって鼻腔を刺激してきた。

舌を這わせると淡い酸味が溢れて動きを滑らかにさせ、膣口の襞を掻き回してクリトリスまで舐め上げていくと、

「アア、いい気持ち……！」

香凜が顔を仰け反らせて喘ぎ、内腿でキュッときつく彼の顔を挟み付けた。

幹男はチロチロとクリトリスを刺激しては、溢れてくる熱い蜜をすすり、さらに彼女の両脚を浮かせて尻に迫った。

谷間の蕾に鼻を埋め、蒸れた匂いを貪ってから舌を這い回らせ、

「あう……!」

ヌルッと潜り込ませて滑らかな粘膜を探ると香凜が呻いて、キュッと肛門で舌先を締め付けてきた。

彼が舌を出し入れさせるように蠢かすと、鼻先にある割れ目から新たな蜜がトロトロと溢れ、肛門の方にまで伝い流れた。

それを舌でたどり、脚を下ろしながら再びクリトリスに吸い付くと、

「も、もうダメ……」

すっかり高まった香凜が身を起こして言い、幹男も這い出して仰向けになっていった。

すると香凜もすぐに移動し、上から顔を寄せ、粘液の滲む尿道口を丁寧に舐めてから、スッポリと根元まで呑み込んでいった。

「ああ、気持ちいい……、でも、今日も嚙み切るの……?」

舌の蠢きに喘ぎながら言うと、香凜が吸い付きながらスポンと口を離した。

「これは再生されたものだから、もう食べないわ」

彼女は言い、再びしゃぶり付いて舌をからめ、顔を上下させてスポスポと強烈な摩擦を繰り返してくれた。

してみると、今日は歯のない膣で最後まで中出し出来るようだ。

「い、入れたい……」

そう思うと、急に挿入したくなって言うと、彼女も口を離して身を起こし、前進してペニスに跨がってきた。

先端に割れ目を押し付け、ゆっくり腰を沈めてヌルヌルッと滑らかに受け入れていった。

「アア……、いい気持ち……」

香凛が根元まで納めて座り込み、顔を仰け反らせて喘いだ。

そして密着した股間をグリグリ擦り付けてから、身を重ねてきた。

幹男も肉襞の摩擦と温もり、潤いと締め付けを味わいながら両手を回し、膝を立てて尻を支えた。

唇を求める前に、香凛のほうからピッタリと唇を重ね、長い舌を潜り込ませてからめながら、小刻みに腰を動かしはじめた。

幹男もズンズンと股間を突き上げながら、滑らかに蠢く美女の舌を舐め、熱い吐息に鼻腔を湿らせた。今日も香凛の息は、妖しい花のように甘い匂いを含んでいた。

膣口は歯がなくてもモグモグときつく締まり、内部もまるで歯のない口が舌鼓でも打つように、ペニスを奥へ奥へと引き込んで心地よい収縮と摩擦が繰り返された。

「アア、いっちゃう、いい気持ち……！」

彼が危うくなると、先に香凜が口を離して熱く喘ぎ、ガクガクと狂おしいオルガスムスの痙攣を開始してしまった。

その締め付けの中で、続いて幹男も絶頂に達し、

「く……！」

大きな快感に呻きながら、ありったけの熱いザーメンをドクンドクンと勢いよく内部にほとばしらせた。

「あう、もっと……！」

噴出を感じ、駄目押しの快感を得ながら香凜が呻き、さらにきつく締め上げてきた。

前の時は、このあたりで嚙み切られて気を失ってしまったが、今回は心置きなく快感を味わい、最後の一滴まで出し尽くしていった。

「ああ、良かった……」

幹男が満足して言いながら、徐々に突き上げを弱めていくと、いつしか香凜も肌の強ばりを解き、グッタリともたれかかってきた。

彼は収縮する膣内で、いつまでも幹を過敏にヒクヒクさせ、熱く甘い吐息を嗅ぎながら、うっとりと快感の余韻を味わったのだった。

5

「今日の午後から二泊でキャンプへ行くの。女子大のお友達と三人で」

金曜の昼前、絵美がアパートに来て幹男に言った。

「そう、じゃ僕のことも話すのかな。もちろん構わないけど」

「ええ、たぶんそんな話になると思うわ」

「ママには気づかれていない？」

「ええ、大丈夫。ママも忙しいから」

絵美は、室内を見回して言った。

前にも一度、参考書を借りに来たことはあるが、すでに懇ろになっているから彼女も妖しい期待に目をキラキラさせている。

それに明後日の午後まで、女同士では何も出来ないだろう。きっと、その前に快楽を得たくて来たようだった。

初体験をしても、真矢子に気づかれないほど案外彼が思っている以上に、女というのは強《したた》かで、普段通りに振る舞っているのだろう。

幹男は、今日の講義は午後から二教科あるだけだし、絵美はキャンプの準備で女子大はサボってしまったらしい。

「じゃお昼までなら時間があるね。脱いじゃおうか」

彼も激しく勃起しながら言うと、絵美も小さく頷き、一緒に脱ぎはじめた。

手早く先に全裸になり、布団で待つと絵美もためらいなく最後の一枚まで脱ぎ去り、横になってきた。

処女を失ったばかりの美少女を仰向けにさせ、幹男はまず彼女の足裏に顔を埋め込み、舌を這わせながら指の間に鼻を割り込ませて嗅いだ。

「あん、またそんなところから……」

絵美がむずがるように腰をくねらせて言い、彼は今日も生ぬるい汗と脂の湿り気と、ムレムレの匂いを貪ってから爪先にしゃぶり付いた。

両足とも、全ての指の股を味わってから彼女を大股開きにさせた。

脚の内側を舐め上げ、ムッチリした白い内腿をたどって股間に迫ると、すでにはみ出した陰唇はヌメヌメと潤っていた。

ぷっくりした若草の丘に鼻を埋め込んで嗅ぐと、今日も汗とオシッコの匂いが蒸れ、生ぬるく鼻腔を刺激してきた。

「いい匂い」

「あん……！」

嗅ぎながら言うと絵美が声を洩らし、内腿でキュッと彼の両頬を挟み付けてきた。前回はセーラー服姿だったから、全裸の美少女を愛撫するのも新鮮な気分だった。

舌を挿し入れ、滑らかな蜜のヌメリを味わい、息づく膣口からクリトリスまで舐め上げていくと、

「アアッ……！」

絵美がビクッと顔を仰け反らせて喘いだ。

幹男はチロチロとクリトリスを舐め回しては、溢れる清らかな蜜をすすり、さらに彼女の両脚を浮かせて尻の谷間に鼻を埋め込んでいった。

ピンクの蕾には、今日も蒸れた匂いが籠もり、彼は嗅いでから舐め回した。

息づく襞を濡らし、ヌルッと潜り込ませて滑らかな粘膜を探ると、

「く……」

絵美が呻き、キュッときつく肛門で舌先を締め付けてきた。

幹男は充分に味わってから舌を離し、脚を下ろして再びクリトリスに吸い付いていった。

「あう、もうダメ……」

急激に高まった絵美が言うと、彼も股間から這い出して添い寝し、彼女の顔を股間へ押しやった。絵美も素直に移動し、大きく開いた股間に腹這い、可憐な顔を迫らせてきた。

「先っぽが濡れてるわ……」

「うん、絵美ちゃんが気持ち良くて濡れるのと同じだからね」

熱い視線を受けながら言うと、彼女も羞じらいながら先端にチロチロと舌を這わせてくれた。粘液の滲む尿道口を舐め、張り詰めた亀頭をくわえ、スッポリと喉の奥まで呑み込んでいった。

温かく濡れた美少女の口腔に深々と含まれ、幹男は快感にヒクヒクと肉棒を震わせた。

「ンン……」

絵美も喉の奥に触れるほど深く頰張りながら熱く鼻を鳴らし、幹を締め付けて吸い、クチュクチュと舌をからめてくれた。

「ああ、気持ちいい……」

幹男は清らかな唾液にまみれながら喘ぎ、ジワジワと絶頂を迫らせていった。

「も、もういいよ。上から跨いで入れてみるかい?」

高まって言うと、絵美もチュパッと口を離して顔を上げ、身を起こして恐る恐る前進してきた。

「上からなんて恥ずかしい……」

絵美はか細く言いながらも、唾液に濡れた先端に割れ目を押し当て、自ら陰唇を指で広げると、息を詰めてゆっくり腰を沈み込ませていった。

張り詰めた亀頭が潜り込むと、あとは重みと潤いで滑らかに、ヌルヌルッと根元まで嵌まり込んだ。

「あう……!」

完全に股間を密着させ、ぺたりと座り込むと絵美は呻き、ビクリと顔を仰け反らせた。

幹男もきつい締め付けと肉襞の摩擦、熱い温もりに包まれながら快感を嚙み締め、硬直している絵美を両手で抱き寄せ、僅かに両膝を立てた。

「まだ痛いかな?」

「ううん、痛くないです。奥が熱くて、何だかいい気持ち……」

訊くと絵美が小さく答えた。

彼は顔を上げ、潜り込むようにしてピンクの乳首を吸い、両方とも舌で転がしながら顔中で張りのある膨らみを味わった。

さらに腋の下にも鼻を埋め、可愛らしく甘ったるい汗の匂いに酔いしれながら生ぬるい湿り気を舐め回した。

「あう、ダメ……」

絵美がくすぐったそうに身をくねらせ、甘酸っぱい息を弾ませた。

幹男は小刻みに股間を突き上げながら、彼女の顔を抱き寄せてピッタリと唇を重ね、舌を挿し入れていった。

滑らかな歯並びと、チャームポイントである八重歯を舐めると、彼女も歯を開いて舌をからみつけてくれた。生温かな唾液に濡れ、滑らかに蠢く美少女の舌を味わい、次第にリズミカルに股間を突き上げると、

「アアッ……！」

絵美が口を離して熱く喘ぎ、合わせて腰を動かしはじめた。

たちまち互いの動きが一致し、ピチャクチャと湿った摩擦音が聞こえてきた。

幹男は彼女の喘ぐ口に鼻を押し込み、熱く湿り気を含んで、何とも甘酸っぱい果実臭の吐息を嗅ぎ、うっとりと胸を満たしながら快感に任せて突き上げを強めてしまった。

「い、いく……、アアッ……！」

たちまち彼は絶頂に達し、大きな快感に全身を貫かれながら声を上げ、熱いザーメンをドクンドクンと勢いよくほとばしらせた。

「あ、熱いわ、いい気持ち……、ああーッ……！」

すると噴出を受け止めた絵美が声を上ずらせ、ガクガクと全身を狂おしく痙攣させはじめたのだ。

早くも、二度目の体験にしてオルガスムスが得られたのだろう。

まあ世間には、初回から膣感覚で昇り詰める女性もいるというし、愛液も多く好奇心いっぱいだったから、すぐにも絶頂が得られたようだった。

「ああ、締まる……」

幹男は、収縮の増した膣内の摩擦と締め付けに声を洩らし、快感を嚙み締めながら心置きなく最後の一滴まで出し尽くしてしまった。

そして満足しながら突き上げを弱めると、いつしか絵美も初の快感にグッタリとなり、いつまでも膣内を息づかせていた。

彼は美少女の重みと温もりを受け止め、かぐわしい吐息を嗅ぎながら、うっとりと快感の余韻を味わったのだった。

第四章　美しきメガネ女医の蜜

1

（さて、じゃ行くか……）

幹男は、仕度を調えて思った。

昼に絵美が帰ってから、彼は昼食を済ませて大学へと行き、二教科の講義を受けてから帰宅。早めに夕食を済ませ、シャワーと歯磨きを終えると新たな下着を着けた。

そして呼吸器をバッグに入れ、アパートを出て吉住医院へ出向いた。

八時半過ぎに到着すると、すぐ白衣姿の真矢子が迎えてくれた。

もう受付の小母さんも帰り、真矢子も今日の診療を終えて夕食を済ませたようだ。そして彼が来たので、急いで白衣を羽織って診察室に出てきたのだ。

今夜は、絵美もキャンプに行ってしまったから、夜に彼女と二人きりである。

真矢子は、幹男の体重と血圧を測り、変わりないことを確認すると、彼が持って来た呼吸器を受け取った。

「じゃ今夜は、呼吸器を付けずに熟睡できているかどうか、顔と胸にチップを貼って、データを取りながら眠ってもらうわね」

「はい、分かりました」

「いつもは何時ぐらいに寝ている？」

「十一時頃かな」

「まだ早いわね。夕食その他、いつも通りにしてきた？」

「ええ、いつも通りです」

「じゃパジャマに着替えて」

「いつもシャツとトランクスですので」

「そう、いいわ。じゃその格好で寝て」

言われて、幹男は服を脱ぎ、シャツとトランクス姿で診察ベッドに寝た。

「まあ、こんなに……」

真矢子は、テントを張った彼の股間を見て、レンズの奥の目を丸くさせた。

今日も彼女は、アップにした髪にメガネ、白衣の巨乳を息づかせ、夜ということもあり何とも艶めかしかった。

「済みません。実はいつも通りじゃないです。いつもは寝しなに自分で抜くことにしているので……」

「じゃ、私は外しているから自分で済ませなさい。まだ眠くないだろうし」

「あう、そんな……、どうか真矢子先生が手伝って下さい……」

「そんなこと、出来るわけないでしょう」

真矢子は言い、レンズの奥からメッと睨んだ。

「うんと痩せたから、これから多くの女性にアタックしたいのに、まだ何も知らないので、真矢子先生に教わりたい……」

幹男は、またまた無垢を装って言った。そして彼女の心根を覗いてみると、どうやら相当に欲求を溜めている節があったのだ。

夫とは、もうかなり長いことしていないようだし、多くの患者で立て込んで忙しいようだから、もちろん不倫相手などもいない。

そして彼の勃起を知って心が動いているし、まして今日は夫も絵美もいないのである。

「無理よ。でも一応、健康体かどうか脱いで見せて……」

真矢子は、あくまで主治医として彼の全身を診るという名目で言い、彼も手早くシャツとトランクスを脱いでしまった。

全裸で再び仰向けになると、ペニスは雄々しく屹立していた。

「なんて形良い……、それに綺麗な色と艶だわ……」

真矢子が、視線を釘付けにして嘆息した。

年上の夫とは学生結婚で、彼女は絵美を出産してから復学し、頑張って卒業して国家試験に受かったらしい。

他にもう一人ぐらいと関係していたようだが、今は交渉のない夫一筋、しかも年下の男とした経験はないようである。

「毎晩、自分でしているの？」

「ええ、続けて二回ぐらい。週末は三回とか」

「まあ、そんなに……。何を見て？」

「妄想です。真矢子先生みたいな年上の美女に教わることを思って」

「そう……」

彼女は答え、そっと幹に触れ、硬度を確かめるようにニギニギしてくれた。

「あう、気持ちいい……」

幹男は快感に呻いた。しかも触れられたから、さらにはっきりと彼女の淫気が熱く伝わってきた。

「このまま指でいっちゃいなさい。見ていてあげるから」

「アア、どうか先生のアソコ見てみたい……」

懇願すると、もう真矢子の方も我慢できなくなったようだ。興奮で、甘ったるい汗の匂いが悩ましく漂ってきた。

「じゃ、急いでシャワー浴びてくるわ……」

彼女が、手を離して言った。

「いえ、今のままでお願いします。ナマの匂いを知ってみたいので」

当然ながら、いつものように幹男は押しとどめた。

せっかく沁み付いた匂いを消すバカはいない。それはウナ重のウナギを洗って食うようなものだ。

「だって、ゆうべお風呂に入ったきりよ。今日も忙しかったし」

真矢子が言う。彼女も、今日の診療を終えると片付けをし、一人で軽く夕食を済ませたばかりなのだろう。そして彼が眠ったら、寝しなに入浴するつもりだったようだ。

「どうかお願いします……」

熱烈にせがむと、とうとう真矢子も欲望に負け、身を起こして白衣のボタンを外した。

すると何と、白衣の下は黒いブラとショーツだけではないか。しかも素足にサンダルだったから、どうやら夕食後に暑かったし、彼が寝入ったあと、すぐ脱いで入浴できるように白衣だけ整えていたようだ。

「わあ、なんて色っぽい……」

「見ないで」

彼が言うと真矢子は背を向けて白衣を脱ぎ、黒いブラを外した。

「ね、お願いがあります」

「なに」

「メガネと白衣だけはそのままにして」

言うと、彼女はブラを外した上から再び白衣を羽織ってくれた。

そしてショーツを脱ぎ去って向き直ると、全裸に白衣だけのメガネ美女が迫ってきた。

幹男はゾクゾクと興奮し、激しく勃起したペニスを震わせた。

娘の絵美にも全裸の上からセーラー服を着せたし、その母親の熟れ肌も、白衣に覆われると興奮が増した。

「さあ、どうすればいいの」

「仰向けになって」

幹男が場所を空けて言うと、真矢子は仰向けになってくれた。まさか自分が、診察室のベッドに寝るなど夢にも思わなかっただろう。

白衣を左右に開くと、何とも豊かな膨らみが現れ、生ぬるく甘ったるい匂いが漂った。

さすがに診察しやすいように照明も完璧で、余すところなく観察できた。

彼は吸い寄せられるように顔を埋め込み、チュッと乳首に吸い付いて舌で転がしながら、もう片方の巨乳を揉みしだいた。

「アア……」

真矢子が熱く喘ぎ、すぐにもうねうねと白い熟れ肌を悶えさせはじめた。

やはり欲求が溜まりに溜まり、それが若い男を相手に、一気に解放されようとしているのだろう。

幹男は左右の乳首を順々に含んで舐め回し、顔中を押し付けて柔らかく豊満な膨らみを味わった。

もう真矢子もすっかり神妙に身を投げ出し、目を閉じながら熱い呼吸を繰り返すばかりとなった。やはり今夜は、誰もいないという解放感も淫気に拍車を掛けているようだ。

両の乳首を味わい尽くすと、さらに彼は乱れた白衣に潜り込み、ジットリ湿った腋の下にも鼻を埋め込んで嗅いだ。

スベスベに手入れされているそこは、ミルクのように甘ったるい汗の匂いが濃厚に籠もり、悩ましく鼻腔を満たしてきた。

充分に嗅いでから脇腹を舐め降り、腹の真ん中に移動して形良い臍を舐め、張り詰めた白い下腹に顔を押し付けて心地よい弾力を味わった。

さらに股間のYの字の部分から腰骨へと舌を這わせていくと、

「あう、そこダメ、くすぐったいわ……！」

真矢子がビクリと反応し、豊満な腰をくねらせた。

幹男は滑らかな脚を舐め降り、足首まで行って足裏に回り、踵から土踏まずに舌を這わせ、形良く揃った指の間に鼻を押しつけていった。

指の股は、やはり生ぬるい汗と脂に湿り、蒸れた匂いが悩ましく沁み付いて鼻腔を刺激してきた。

彼は爪先にしゃぶり付き、順々に指の間に舌を割り込ませて味わった。

2

「く……、ダメよ、そんなこと、汚いのに……!」

真矢子が驚いたように呻いて言い、ビクリと脚を震わせた。

構わず、幹男は両足とも全ての指の股を舐め回し、味と匂いを堪能してから、やがて大股開きにして、白衣の裾を開いて脚の内側を舐め上げていった。

白くムッチリした内腿をたどり、熱気と湿り気の籠もる股間に迫って目を凝らした。

ふっくらした丘には、黒々と艶のある恥毛がふんわりと程よい範囲に茂り、肉づきが良く丸みを帯びた割れ目からはピンクの花びらがはみ出していた。

そっと指を当てて陰唇を左右に広げると、ピンクの柔肉は思っていた以上にヌラヌラと大量の愛液に潤っていた。

奥には、かつて絵美が産まれ出てきた膣口が、細かな襞を入り組ませて妖しく息づき、ポツンとした小さな尿道口もはっきり見えた。

包皮の下からは、真珠色の光沢を放つクリトリスが、小指の先ほどの大きさで愛撫を待つようにツンと突き立っている。

「そ、そんなに見ないで……」

真矢子が、股間に若い男の熱い視線と息を感じて声を震わせた。

普段は診る側だから、見られるのは相当な羞恥があるのだろう。

幹男も堪らず、吸い寄せられるように顔を埋め込んでいった。

柔らかな恥毛に鼻を擦りつけ、感触を味わいながら嗅ぐと、大部分は腋に似た甘ったるい汗の匂いで、それにほのかな残尿臭も混じり、悩ましく鼻腔を刺激してきた。

「いい匂い」

「あう、ダメ、もう入れていいわ……」

嗅ぎながら言うと、真矢子が羞恥に白い下腹をヒクヒク波打たせて言った。

やはりノーマルな医者夫婦は、新婚の頃から少しいじっただけで挿入し、それですぐ絵美が出来てしまったのだろう。

もちろん、いくらせがまれても早々と挿入して果てる気などない。まだまだ、したいことや、されたいことが山ほどあるのだ。

舌を挿し入れ、生ぬるく淡い酸味のヌメリを感じながら膣口の襞をクチュクチュと掻き回し、ゆっくりとクリトリスまで舐め上げていくと、

「アァッ……！」

真矢子がビクリと顔を仰け反らせて喘ぎ、量感ある内腿でムッチリと彼の両頬を挟み付けてきた。

彼はもがく豊満な腰を抱えて押さえつけながら、執拗にチロチロとクリトリスを舐めては、新たに溢れてくる愛液をすすった。

さらに真矢子の両脚を浮かせ、逆ハート型の豊かな尻の谷間に迫った。

奥には薄桃色の蕾が細かな襞を引き締め、ひっそりと閉じられていた。

鼻を押し付けて嗅ぐと、顔中に搗《つ》きたての餅のように弾力ある双丘が密着し、秘めやかに蒸れた微香が籠もっていた。

幹男は匂いを貪ってから舌を這わせ、襞を濡らしてヌルッと潜り込ませ、滑ら

かな粘膜を味わった。

「あう、ダメ……!」

真矢子が呻き、反射的にキュッときつく肛門で舌先を締め付けてきた。

彼が内部で舌を蠢かせると、粘膜は微妙に甘苦い味覚があり、鼻先の割れ目から は白っぽく濁った本気汁も溢れてきた。

彼は充分に味わってから舌を引き抜き、脚を下ろして再び割れ目に吸い付き、大量の愛液を掬い取ってクリトリスを舐め回した。

「い、いきそうよ、もうやめて……」

真矢子が絶頂を迫らせて言い、早く挿入して欲しいように身悶えた。

ようやく幹男も舌を引っ込め、股間を這い出して添い寝していった。

「ね、入れる前にお口で可愛がって……」

甘えるように言うと、真矢子もすぐに身を起こして彼の股間に顔を移動させていった。

「ここから舐めて。僕もしたんだから」

幹男は言い、自ら両脚を浮かせて抱え、尻を突き出した。

すると彼女も厭わず、チロチロと肛門を舐め回してくれたのだ。

熱い鼻息が陰嚢をくすぐり、美人女医の舌が滑らかに肛門に這い、自分がされたようにヌルッと潜り込んできた。

「あう、気持ちいい……」

彼は妖しい快感に呻き、美女の舌先を肛門でモグモグと締め付けて味わった。内部で舌が蠢くたび、内側から刺激されるように勃起したペニスがヒクヒクと上下に震えた。

あまり長いと申し訳ないし、早く快感を得たいので脚を下ろすと、彼女も自然に舌を引き離して陰嚢を舐め、熱い息を股間に籠もらせて二つの睾丸を転がしてから、いよいよ肉棒の裏側を舐め上げてくれた。

滑らかな舌が先端まで来ると、真矢子は粘液の滲む尿道口をチロチロと舐め、張り詰めた亀頭にしゃぶり付いてきた。

股間を見ると、メガネ美女がペニスを頬張り、モグモグとたぐるように根元まで呑み込んでいた。

幹を丸く締め付けて吸い、熱い鼻息で恥毛をそよがせ、口の中ではクチュクチュと念入りに舌がからみついた。

「ああ、すごくいい……」

幹男は、喘ぎながらズンズンと股間を突き上げた。すると彼女も合わせて顔を上下させ、濡れた口でスポスポと強烈な摩擦を開始してくれた。

やがて充分に高まると、

「いきそう、上から跨いで入れて下さい……」

彼は暴発を堪えて言い、真矢子もすぐにスポンと口を引き離し、身を起こして前進してきた。

つい今日の午前中、同じ体位で絵美と交わったなど、真矢子は夢にも思っていないだろう。

彼女は白衣の裾を翻《ひるがえ》して跨がり、幹に指を添えて先端に割れ目を押し付けてきた。そして息を詰めて位置を定めると、ゆっくり腰を沈み込ませていった。

張り詰めた亀頭が潜り込むと、あとは滑らかにヌルヌルッと根元まで呑み込まれ、互いの股間がピッタリと密着した。

「アアッ……！」

真矢子が完全に座り込んで喘ぎ、若いペニスを味わうようにキュッキュッと締め上げてきた。彼も肉襞の摩擦と温もりに包まれ、美人女医と交わった感激を嚙み締めた。

両手を伸ばすと真矢子もゆっくりと身を重ねてきて、彼は両膝を立てて豊満な尻を支えた。

感触を味わいながら、下から唇を求めると、真矢子も上からピッタリと重ね合わせてくれた。どうしても幹男にとってのキスは、セックスへの導入部ではなく唾液と吐息をもらう仕上げの時にする癖が出来たようだ。

柔らかな感触と唾液の湿り気を味わい、舌を挿し入れていくと彼女も受け入れて、チロチロと滑らかにからみつけてくれた。

「もっと唾を垂らして……」

「あまり出ないわ……」

せがむと、喘ぎすぎて乾いたように真矢子が答えたが、それでも少量だけ分泌させ、クチュッと注いでくれた。

幹男は生温かく小泡の多い粘液を味わい、うっとりと喉を潤しながら、ズンズンと股間を突き上げはじめた。

「あう、いい気持ち……」

真矢子が口を離して言うと、熱く湿り気ある吐息が、白粉のような甘さと、夕食の名残らしい淡いオニオン臭と混じって悩ましく鼻腔を刺激してきた。

（ああ、呼吸器科の女医の呼吸……）

幹男は感激と興奮に包まれながら、美女の喘ぐ口に鼻を押し込んで吸い込み、胸を満たしながら激しく股間を突き上げた。

互いの動きがリズミカルに一致し、股間をぶつけ合うように動くと、クチュクチュと淫らに湿った音が響き、溢れた愛液が彼の陰嚢の脇を伝い、肛門の方まで生ぬるく流れてきた。

「い、いっちゃうわ、何ていい気持ち……、アアーッ……！」

収縮を強めた真矢子が口走り、そのままガクガクと狂おしいオルガスムスの痙攣を開始してしまった。

同時に幹男も、摩擦と締め付けの中で昇り詰め、

「く……！」

快感に呻きながら、熱い大量のザーメンをドクンドクンと勢いよく内部にほとばしらせた。

「あう、熱いわ、もっと……！」

噴出を感じた真矢子が、駄目押しの快感を得て呻き、さらにきつく締め上げてきた。

幹男は心ゆくまで快感を嚙み締め、最後の一滴まで出し尽くして徐々に突き上げを弱めていった。

「アア……」

真矢子も精根尽き果てたように、か細く声を洩らすと熟れ肌の強ばりを解き、グッタリと力を抜いて彼にもたれかかってきた。

幹男は、名残惜しげな収縮を繰り返す膣内に刺激され、ヒクヒクと過敏に幹を跳ね上げながら、かぐわしい白粉臭の吐息を嗅いで、うっとりと快感の余韻に浸り込んでいったのだった。

3

「まさか、あなたとしちゃうなんて思わなかった……」

母屋のバスルームで真矢子が、まだ余韻にとろんとしながら言った。互いにシャワーの湯で全身を洗い流し、彼女もようやくほっとしたようだった。

もちろん幹男も、一度の射精で気が済むはずもなく、湯に濡れた熟れ肌を見るうち、すぐにもムクムクと回復してきた。

「ね、ここに立って」

彼は床に座ったまま言い、目の前に真矢子を立たせた。そして片方の足を浮かせてバスタブのふちに乗せ、開いた股間に顔を埋めた。

「ああ、濃かった匂いが消えちゃった」

「そ、そんなに匂っていたのね……」

彼が濡れた恥毛に鼻を擦りつけて言うと、真矢子が羞恥を甦らせたように声を震わせた。

舐めると、すぐにも新たな愛液が溢れて舌の動きが滑らかになった。

「あう、そんなに舐めないで。まだ気が済まないの……？」

「ね、このままオシッコしてみて」

股間から言うと、彼女がビクリと文字通り尻込みした。

「む、無理よ、そんなこと……」

「少しぐらい出るでしょう？　一度でいいから、美女のオシッコするところ見てみたい」

腰を抱えて言いながら吸い付くと、真矢子はガクガクと膝を震わせた。

「アア……、本当に出そう、離れて……」

急に尿意が高まり、彼女が息を震わせて言った。同時に割れ目内部の柔肉が迫り出すように盛り上がり、温もりと味わいが変化した。

「あう、出ちゃう……」

言うなりチョロチョロと熱い流れがほとばしり、彼は夢中で口に受けて喉に流し込んだ。実に、味も匂いも淡く清らかで、薄めた桜湯のように心地よく喉を通過した。

それでも勢いが増すと口から溢れた分が、温かく胸から腹に伝い流れ、すっかりピンピンに回復したペニスが心地よく浸された。

「あうう……、こんなことさせるなんて……」

真矢子が詰るように言いながらも、間もなく流れを治めた。

幹男は残り香の中、余りの雫をすすって割れ目内部を舐め回した。

「も、もう堪忍……」

真矢子は彼の顔を突き放し、脚を下ろすと力尽きたようにクタクタと椅子に座り込んだ。

「ね、またこんなに勃っちゃった……」

幹男は甘えるように言い、彼女の鼻先に先端を突き付けた。

そしてバスタブのふちに腰を下ろして股を開くと、真矢子もすぐに舌を這わせて、熱く喘ぎながら亀頭をしゃぶってくれた。

こんなに勃起しているのだから、もう一回ぐらい射精させないと、大人しく寝ないと思ったのかも知れない。

「ああ、気持ちいい……」

幹男は快感に喘ぎ、彼女も顔を前後させ、濡れた口でスポスポと摩擦してくれた。さらに顔を離し、巨乳の谷間にペニスを挟み、両側から揉みながらチロチロと先端を舐め回した。

さすがにバスルームだから真矢子もメガネを外しており、何やら見知らぬ美女にしゃぶられている気分だった。

「い、いきそう……」

たちまち高まった幹男が声を洩らすと、真矢子も再び含んで摩擦を開始した。

「あう、いく……！」

彼は吸引と舌の蠢きに包まれながら口走り、そのまま激しく昇り詰めると、ありったけの熱いザーメンをドクンドクンと勢いよくほとばしらせた。

「ク……、ンン……」

喉の奥を直撃された真矢子が眉をひそめ、噴出を受け止めながら噎せそうになって小さく呻いた。

それでも摩擦と吸引を続行してくれ、彼は心ゆくまで快感を味わいながら、最後の一滴まで絞り尽くした。

「ああ……」

満足しながら声を洩らし、肌の硬直を解くと真矢子も動きを止め、亀頭を含んだまま口に溜まったザーメンをゴクリと一息に飲み干してくれた。

「く……、いい……」

嚥下と同時に口腔がキュッと締まり、彼は駄目押しの快感を得て呻いた。

ようやく真矢子もスポンと口を離して息を吐き、なおも両手のひらで幹を錐揉《きりも》みにして余りを絞り出し、尿道口に脹らむ白濁の雫まで丁寧に舐め取ってくれたのだった。

「あう、もういいです、有難うございました……」

幹男が腰をよじり、過敏に幹をヒクつかせて言うと、やっと真矢子も舌を引き離してくれた。

「飲んだのなんて、何十年ぶりかしら……」

真矢子が頬を上気させて言い、淫らにチロリと舌なめずりした。

彼も荒い呼吸を繰り返し、快感の余韻を噛み締めたのだった。

やがて二人でもう一度シャワーを浴び、彼女は口をすすぎ、身体を拭いてバスルームを出た。

診察室に戻ると、真矢子が全裸の上から白衣だけ着てメガネをかけた。

「これで、ぐっすり眠れるわね」

「ええ、ゆっくり寝られそうです」

「じゃ機械を装着するから寝て。裸のままでいいわ。その方が胸にチップを貼りやすいから」

真矢子が言う。やはり何本ものコードがあるから、シャツより全裸の方が楽である。

仰向けになると彼女は、幹男の腹と股間に薄掛けを掛け、機械を枕元に引き寄せてセットを開始した。

今ごろ絵美は仲間たちとのキャンプ場で、寝るまで彼氏との告白大会などを楽しんでいることだろう。まさか幹男が母親を相手に、二回も射精したなど夢にも思うまい。

機械は、ポリソムノグラフィーというもので、幹男の頭やコメカミ、耳や喉にチップを貼り付け、そこから細いコードが伸びて機械に繋がっている。

これで睡眠時の脳波や節電図、心電図、呼吸のリズム、血液中の酸素、様々な声帯信号を測定し、十秒以上の無呼吸がないか、不整脈の有無などが調べられるのだ。

「じゃ、何かあったらそのブザーを押して。すぐに来るから」

「ええ、たぶん大丈夫です」

「何もなければ、朝に目が覚めたらブザーを鳴らして。どれぐらい眠るかしら」

「いつも通りなら、六時過ぎには目が覚めると思います」

「いいわ。じゃゆっくりおやすみなさい」

セッティングを終えた真矢子が言い、脱いだ下着などを持って灯りを消し、母屋へと戻っていった。

薄暗い診察室で、幹男は真矢子とも出来た感激と行為を思い出した。

今ごろ真矢子も、ベッドに横になりながら若い患者としてしまったことを思い出していることだろう。

幹男は目を閉じて、眠るよう呼吸を整えた。

いつの間にか夜十一時を回っている。

寝返りを打っても、コードが外れるような心配もなさそうだし、彼は睡眠時にそれほど動く方でもなかった。

もちろん場所が変わって寝つけないこともなく、真矢子を思ってまた勃起しそうになってしまったが、心地よい疲労に包まれているので、間もなく彼は深い睡りに落ちていったのだった……。


——翌朝、幹男は目を覚ました。

どこもコードは外れておらず、時計を見ると午前六時。

やはり標準体重になると呼吸器を使用しなくても、快適な睡眠と目覚めが得られたようだ。

勝手に機械を切るわけにいかないし、二度寝は無理なので、彼は枕元のブザーを押した。

すると、間もなく奥から真矢子が入ってきた。

どうやら彼女は寝つけず、今のブザーで起きたようだが、白衣とメガネでいつもの美人女医の姿であった。

4

「おはよう。よく眠れたかしら」

「おはようございます。ええ、あれからすぐにぐっすり寝て、今も爽快な目覚めでした」

幹男が横になったまま言うと、真矢子は診察室の灯りを点け、彼に装着したチップを全て外してくれた。

機械からは、グラフの紙が長く垂れ下がっている。

真矢子はスイッチを切ってざっとグラフを見たが、

「特に異常ないようだわ。無呼吸にもなっていないみたい」

安心したように言った。

「そうですか。良かった」

「さらにデータを詳しく調べてからちゃんと報告をするけど、もう呼吸器は置いていっていいわ。私の方から業者に連絡しておくから」

「分かりました」

彼が答えると、真矢子がおしぼりで彼の顔や胸に付いたチップの粘着液を拭い取ってくれた。

「じゃこれで帰っていいわ。朝食までは用意できないから」

真矢子が言う。今日は土曜だが、午前中は診療があるので、その準備があるのだろう。

「ね、こんなになっちゃった」

幹男は腹の薄掛けをめくり、朝立ちでピンピンに勃起しているペニスを見せ、甘えるように言った。

「まあ！　ゆうべはいつも通り眠るために仕方なく相手をしたのよ」

真矢子が、それでもペニスに熱い視線を注ぎながら言った。

ことさら事務的に振る舞い、昨夜のことは何もなかったことにしたいようだったが、こうして見てしまうとまた淫気が湧いてきたのだろう。

「ね、少しだけいい？」

「開院の準備をしないといけないのだけど……」

「すぐ済むので」

ためらう真矢子の手を引き、横になったまま白衣に手をかけた。

すると彼女も、熱い淫気に突き動かされるように自分から白衣を脱いだ。

何と下には何も着けておらず、どうやら彼女も昨夜、全裸で寝てしまったようだった。

「こうして……」

幹男は彼女の顔を股間へ押しやり、下半身を抱き寄せた。

真矢子もためらいなくベッドに乗って屈み込み、強ばりにしゃぶり付きながら彼の顔に跨がり、女上位のシックスナインの体勢になってくれた。

スッポリと根元まで呑み込まれると、彼女の熱い鼻息が陰嚢を心地よくくすぐった。

彼も真矢子の股間を抱き寄せ、潜り込むようにして柔らかな恥毛に鼻を擦りつけて嗅ぐと、一夜分の蒸れた汗の匂いが濃厚に沁み付き、悩ましく鼻腔を刺激してきた。

充分に嗅いでから割れ目を舐めると、すぐにも熱い愛液が漏れてきてヌラヌラと舌の動きが滑らかになった。

チロチロとクリトリスを舐め回すと、

「ンンッ……！」

含んだまま真矢子が呻いて、反射的にチュッと強く吸い付いてきた。

彼女が白く豊満な尻をくねらせるたび、幹男の目の上にある尻の谷間の肛門がヒクヒクと艶めかしく息づいた。

そして真矢子はクリトリスへの快感を紛らすように舌をからめ、顔を上下させてスポスポと強烈な摩擦を繰り返してくれた。

しかし、やはり快感に負けたように、

「アアッ……、もうダメ……」

スポンと口を引き離し、挿入をせがむように腰をくねらせた。

幹男も舌を引っ込め、真矢子の手を引いて向き直らせると、彼女も自分から跨がり、また女上位で彼自身をゆっくり受け入れていった。

「アア……、いいわ、奥まで届く……」

ヌルヌルッと根元まで滑らかに嵌め込み、ピッタリ股間を密着させて座り込むと、彼女が顔を上向けて喘いだ。

彼も美熟女の肉襞の摩擦と温もり、締め付けと潤いに包まれながら快感を嚙み締めた。

朝一番だが淫気は満々で、ペニスも朝立ちの勢いで最大限になっている。

両手を回して抱き寄せると、真矢子もゆっくりと身を重ねてきた。

彼は両膝を立てて尻を支え、まだ動かずに唇を重ねていった。

舌を挿し入れて舌をからめると、寝起きのため生温かな唾液もやや粘つきを持って感じられた。

味わいながらズンズンと小刻みに股間を突き上げはじめると、

「アアッ……、すごい……」

真矢子が唾液の糸を引いて口を離し、熱く喘ぎながら合わせて腰を遣った。

その喘ぐ口に鼻を押し込んで熱気を嗅ぐと、やはりこれも寝起きのため白粉臭《おしろい》の刺激が実に濃厚になって鼻腔を掻き回してきた。

「いい匂い……」

嗅ぎながら言うと、真矢子が羞じらいに息を詰めたが、突き上げに刺激されて否応なく熱い息遣いを繰り返し、彼は存分に呼吸器科の美熟女の呼吸で胸を満たして高まった。

「ね、僕の顔に思い切りペッて唾をかけて」

「そ、そんなこと出来るわけないでしょう……」

下から囁くと、驚いた真矢子がキュッと締め付けて答えた。

「でも、ゆうべはオシッコを飲ませてくれたんだから、唾の方が楽でしょう」

「どうして、そんなことされたいの……」

「真矢子先生が、この世の誰にもしないことを、僕だけにしてもらいたいから」

再三せがむと、次第に彼女も快感で朦朧となり、早く絶頂を得たい気持ちからか、ようやく決心してくれたようだ。

「いいのね、本当に……」

「うん、して」

言うと真矢子は大きく息を吸い込んで止め、唇に唾液を溜めて顔を寄せると、強くペッと吐きかけてくれた。

「ああ、もっと強く……」

幹男は、顔中にかぐわしく濃厚な吐息を受け、生温かな唾液の固まりをピチャッと鼻筋に受けながら喘いだ。

さらに真矢子が、強い勢いで吐きかけると、膣内の収縮が増し、大量に溢れる愛液が互いの股間をビショビショにさせた。

「アア、いきそうよ……」

次第に腰の動きを激しくさせながら、真矢子が口走った。

「ね、顔中唾でヌルヌルにして」

幹男も股間を突き上げながら言うと、真矢子は舌を這わせ、彼の鼻筋から頬、口の周りから瞼まで舐め回してくれた。それは舐めるというより、垂らした唾液を舌で塗り付ける感じで、たちまち彼の顔中はパックされたように、かぐわしい粘液でヌラヌラとまみれた。

「アア、いく……！」

ひとたまりもなく幹男は、メガネ女医の唾液と吐息に包まれながら口走り、激しく昇り詰めてしまった。同時に朝一番の熱いザーメンが、ドクンドクンと勢いよく柔肉の奥を直撃した。

「ヒッ……、すごい、いく……、ああーッ……！」

噴出を感じた途端、真矢子もオルガスムスのスイッチが入って声を上げ、ガクガクと狂おしい痙攣を開始したのだった。

幹男も、激しい収縮と摩擦の中で快感を嚙み締め、心置きなく最後の一滴まで出し尽くしていった。

「ああ、気持ち良かった……」

彼は言いながら、徐々に突き上げを弱めていった。

「アア、もうダメ……」

真矢子も満足げに声を洩らしながら、熟れ肌の強ばりを解いてグッタリともたれかかってきた。

まだ膣内は名残惜しげな収縮を繰り返し、刺激されるたびに内部のペニスが過敏にヒクヒクと跳ね上がった。

「あう、もう動かないで……」

彼女も過敏になっているように呻き、幹の震えを押さえつけるようにキュッときつく締め上げてきた。

幹男は美熟女の重みと温もりを受け止めて力を抜くと、熱く湿り気ある刺激的な吐息を間近に嗅ぎながら酔いしれ、うっとりと快感の余韻に浸り込んでいったのだった。

「ああ……、今日は仕事になるかしら……」

呼吸を整えながら真矢子が言い、やがてそろそろと股間を引き離した。

幹男も起き上がってベッドを降りると、ティッシュの処理も省略し、フラつく彼女を支えながら診察室を出て、バスルームへ移動していった。

そしてシャワーで全身を洗い流し、もちろん彼も二度目は我慢した。

身体を拭いて身繕いをすると、彼は帰ることにした。

「じゃ、お世話になりました」

「ええ、数日のうちに正確な結果が出るから、また報せるわ」

真矢子も答え、やがて医院を出た幹男はアパートへ戻ったのだった。

5

(さて、そろそろ行くか……)

昼過ぎ、幹男は仕度を調えて思った。

吉住医院から帰宅した彼は、朝食も取らず昼まで仮眠していたのだ。

それは、午後の楽しみに体力を温存するためである。もちろんカーリーの力を持っているので、休憩など必要ないのだが、やはり慣れた万年床で身体を休めたかったのだ。

そして起きて昼食を済ませると、シャワーと歯磨きを終え、アパートを出たのだった。

すでに友里子とはラインで連絡を取り合い、二人は駅前で落ち合った。

「本当に、半日ばかりで痩せられるの……？」

友里子は、期待と不安の混じった表情で言った。

「うん、僕は今の友里子さんが好きだけど、痩せたい願望が強いようだから。とにかくこの身体が証拠になるでしょう。三カ月もダイエットしたなんて全部嘘ですから」

彼は答え、とにかく電車に乗って香凜の屋敷のある最寄り駅まで移動することにした。

「どういうこと？　これから行く香凜が何かしてくれるのね？」

「ええ、ラインでも言ったけど、香凜はこの世のものじゃなく、インドのカーリーという人食い魔女なんです」

幹男は、周囲の乗客に聞かれないよう小声で言った。

「私も、前から香凜とは親しいけれど、どこか普通じゃない雰囲気を持っていたわ。その彼女が、私を痩せさせてくれるのね？」

「そうです。僕の短小包茎のペニスも、彼女に食べられて新生してもらったんです。他に、身体の余分な脂肪も全部」

「すごいわ……」

友里子は感嘆し、自分の肉体から余った物が全てなくなると思うと目を輝かせはじめた。

「くれぐれも、三人だけの秘密ですので」

「もちろん守るわ。痩せられるのなら、絶対に誰にも言わない。まあ言ったところで誰も信じないでしょうけど」

「痩せれば、友里子さんだって信じますよ」

「でも、その香凜が私を食べたいって……？」

多少マゾヒスティックな部分のある友里子は息を弾ませて言い、すでに濡れはじめているのかも知れない。

「ええ、女同士で、どのようにするのか行ってみないと分からないけど」

「香凜ぐらい妖しく美しければ、同性でも構わないわ。何をされても。それにしても、カーリーとかいう怪物の化身だったなんて……」

友里子が言い、スマホを出してカーリーを検索した。

「恐ろしいけど美しいわ……、何だかドキドキしてきた……」

彼女も、すっかり幹男の話を真実と思いはじめたようだ。

「でも急に痩せると、回りから驚かれるので」

「ええ、昨日のうちに大学で、教授や仲間たちにはしばらく実家へ戻ると言ってきたわ」

「はい、それでいいです」

「本当に、九十キロ以上あるのに半分近くまで減るのかしら。それなら服を買っておかないと帰れないわ」

「それぐらい香凛が貸してくれるでしょう」

友里子が先走った心配をするので、幹男も微笑ましげに答えた。

やがて駅に着いて降りると、二人は駅前からタクシーに乗って香凛の屋敷に向かった。

力を宿した彼も、難なく道案内することができ、やがて五分余りで閑静な場所に着いて降りた。

「すごい屋敷だわ……、ここに香凛は一人で……」

古めかしい屋敷を見て、友里子が言った。

サークルでは毎日のように顔を合わせていたが、こうして家に来るのは初めてなのだ。

門から入って玄関で訪《おとな》うと、すぐに香凛が出迎えてくれた。

「お待ちしてました。どうぞ」

香凜が笑みを浮かべて言い、二人は中に招き入れられた。

友里子も広い屋敷内を見回しながら、やがて香凜の部屋に入った。

「もう、幹男さんから聞いているわね」

「え、ええ……、本当に、毎日会っていた香凜がこの世のものでないなんて、まだ信じられないけれど……」

香凜に言われ、友里子がやや緊張気味に答えた。

やはり学内と、雰囲気あるアンティークな屋敷で会うのでは、香凜の印象が全く違うのだろう。

「でも本当に瘦せられるなら、何をされてもいいわ」

「ええ、私も、初めて幹男さんを食べたら病みつきになって、どうしても友里子さんが欲しくなったの」

「私の余分なものを食べたら、香凜が太って身体に悪いんじゃない？」

「私の胃は異世界に繋がっているから、私の体重や体型には変わりないわ。ただ味覚を楽しむだけ」

香凜が目をキラキラさせて答える。

「どんな方法を……？」

友里子は、まだ不安げに訊いた。

「とにかく皆で脱ぎましょう。やり方は、順々に言うので」

「待って、その前にシャワーを借りたいのだけど……」

「そのままで構わないわ」

香凜が言って脱ぎはじめたので、幹男も服を脱いでいった。すでにペニスは期待にピンピンに突き立っている
すると友里子も、緊張に汗ばんだまま脱ぎはじめた。

天蓋付きベッドのある広い寝室内に、二人分の美女の匂いが混じり合い、生ぬるく立ち籠めはじめた。

「僕は、何を手伝えばいいのかな……」

「先にベッドで寝ていて」

香凜に言われ、手早く全裸になった幹男は、甘い匂いの沁み付いたベッドに仰向けになっていった。

やがて香凜と友里子も、たちまち一糸まとわぬ姿になってしまうと、ベッドの幹男の方へと迫ってきた。

それを見ながら彼は、初めて二人の美女の全裸を一度に見て、暴発しそうなほど勃起してしまった。

並んでいると、ほっそりしているが巨乳の香凜と、全体がボリューム満点の友里子が、どちらも実に魅惑的だった。

「まず先に、幹男さんの宿している力を吸収してほしいわ。すでにセックスしているから多少は取り入れているだろうけど、もっと補充するために」

「吸収って……」

「ザーメンを飲んでもらうわ。ただ彼を最高の気分にさせたときに出すザーメンなので、射精するまで二人がかりで愛撫を」

香凜が言ってベッドに上ると、反対側から友里子も迫ってきた。

(うわ……、二人がかりの愛撫なんて……)

幹男は期待に激しく興奮を高め、勃起した幹をヒクヒク上下させた。

すると香凜が屈み込み、彼の左の乳首に吸い付いてきたので、友里子もすぐ右の乳首に唇を押し当ててきた。

「アア……」

両の乳首をチロチロと美女たちに舐められ、彼は快感に熱く喘いだ。

香凛の吸引と舌の蠢きは巧みで、その刺激が乳首からペニスに伝わってくるようだ。

友里子も熱い息で肌をくすぐり、舌を這わせて吸い付き、幹男はダブルの愛撫にクネクネと身悶えて息を弾ませはじめた。

「か、嚙んで……」

思わず言うと、香凛が綺麗な歯並びでキュッと乳首を嚙み、それを見た友里子も遠慮がちに歯を立ててくれた。

「あう、気持ちいい、もっと強く……」

幹男が言うと、二人もやや力を強めてくれ、彼は甘美な痛み混じりの快感にゾクゾクと高まった。もちろん力を宿しているので、渾身の力で嚙まれても問題はない。

さらに二人は、彼の脇腹を舌と歯で愛撫しながら這い下りていった。

香凛がするのを、少し遅れて友里子が真似する感じである。

やがて二人は彼の左右の脚を舐め降り、爪先にまでしゃぶり付いてきたのだ。

指の股の全てに、美女たちの舌がヌルッと割り込み、彼は生温かなヌカルミでも踏んでいるような感覚を得た。

「く……、そんなことしなくていいのに……」

幹男は申し訳ない快感に呻いて言うと、二人も彼を大股開きにさせ、脚の内側を舐め上げてきた。

そして内腿にも歯を立ててから股間に迫り、美女たちの混じり合った吐息が中心部に熱く籠もり、彼は快感への期待に身構えたのだった。

第五章　二人がかりの強引減量

1

「じゃ、こうして……」

　幹男の股間まで来ると香凜が言い、彼の両脚を浮かせて尻の谷間に舌を這わせてくれた。チロチロと舌が肛門に這い、その間も友里子の口が尻の丸みを舐めたり噛んだりしてきた。

「あう……」

　香凜の舌がヌルッと潜り込むと、幹男は妖しい快感に呻き、超美女の舌先をキュッと肛門できつく締め付けた。

香凜が内部で舌を蠢かせてから離すと、すかさず友里子が舐め回し、同じようにヌルリと侵入させてきた。

「く……、気持ちいい……」

立て続けだと、二人の舌の温もりや感触の微妙な違いが分かり、そのどちらにも幹男は激しく高まった。内部で友里子の舌がクチュクチュ蠢くと、勃起したペニスがヒクヒクと上下して先端から粘液が滲んだ。

ようやく脚が下ろされると、二人は大股開きにさせて彼の股間で頬を寄せ合い同時に陰嚢にしゃぶり付いてきた。

もう友里子も香凜にリードされるというより、申し合わせていたようにためらいなく同じ行動をしていた。

混じり合った熱い息が股間に籠もり、それぞれの睾丸が舌で転がされ、袋全体は美女たちのミックス唾液に生温かくまみれた。

いよいよ二人が身を乗り出し、肉棒の裏側と側面をゆっくり舐め上げ、滑らかな舌を這わせてきた。

女同士の舌が触れ合っても、友里子は瘦せるために我慢というより、全く気にならないようだった。

同時に舌先が先端に達すると、二人は交互に粘液の滲む尿道口をチロチロと探り、先に香凛がスッポリと呑み込んできた。

「ああ、気持ちいい……」

幹男もダブルフェラの快感に喘ぎ、ヒクヒクと幹を震わせながら贅沢な状況に酔いしれた。

香凛も幹を締め付けて吸い、舌をからめてからチュパッと口を離すと、すかさず友里子がパクッとくわえ、深々と含んで同じように愛撫してくれた。

これも立て続けだから、微妙に異なる感触と温もりを得て、彼は急激に高まってきた。

何度か二人は代わる代わる含んでは舐め回していたが、いつしか同時に張り詰めた亀頭をしゃぶっていた。何やら美女たちのディープキスに、ペニスが割り込んでいるようだ。

混じり合った生温かな唾液にペニスがまみれ、いよいよ幹男も危うくなってきてしまった。

「い、いきそう……」

彼が身を震わせて口走ると、香凛だけ顔を上げた。

「じゃ、飲んであげてね」

香凜は友里子に言って移動し、彼に唇を重ねてきた。すると友里子も含んだまま顔を上下させ、スポスポと本格的な愛撫をしはじめた。

幹男は香凜とネットリと舌をからめ、超美女の温かな唾液と甘い吐息を味わいながら、友里子の口にズンズンと股間を突き上げ続け、とうとう激しく昇り詰めてしまった。

唇と股間に、それぞれ美女の顔があるというのも実に贅沢な快感である。

「く……!」

彼は呻きながら、熱い大量のザーメンをドクンドクンと勢いよく友里子の喉の奥にほとばしらせた。

「ンン……」

噴出を受けながら友里子が呻き、さらに強く吸い付いてきた。

「アア、気持ちいい……」

幹男は香凜の口に鼻を押し込み、熱く甘い息を嗅いで胸を満たした。

すると香凜も鼻を舐め回してくれ、彼は心置きなく快感を噛み締めながら、友里子の口に最後の一滴まで出し尽くしていった。

大きな満足とともに力を抜くと、友里子も摩擦と吸引を止め、亀頭を含んだまま口の中いっぱいに溜まったザーメンをゴクリと飲み込んでくれた。

「あう……」

締まる口腔に刺激され、彼は駄目押しの快感に呻きながら、なおも香凛の吐息を嗅ぎ、清らかな唾液で喉を潤した。

ようやく友里子が口を離し、なおも幹をしごいて余りを搾り、濡れた尿道口を丁寧に舐め回してくれた。

「も、もういい……」

幹男は香凛にしがみつきながら口走り、過敏にヒクヒクと幹を震わせた。

やっと友里子も舌を引っ込めて顔を上げた。

「さあ、続けて入れるので勃たせて」

香凛も顔を上げて囁いた。

「じゃ、二人の足を僕の顔に……」

言うと二人は身を起こし、彼の顔の左右に立ってくれた。

均整の取れた超美女と、豊満な美女の全裸を真下から見るというのも実に壮観であった。

二人も身体を支え合いながら片方の足を浮かせ、同時に足裏を彼の顔に乗せてくれた。

「アア……」

これも贅沢な快感で、幹男は二人分の足裏の感触を味わい、それぞれの踵と土踏まずを舐め回し、指の間にも鼻を割り込ませて嗅いだ。

どちらも指の股は生ぬるい汗と脂に湿り、蒸れた匂いが濃厚に沁み付いて悩ましく鼻腔を刺激してきた。

充分に嗅いでから爪先をしゃぶり、さらに足を交代してもらい、彼は二人分の指の間を全てしゃぶり尽くしてしまった。

「跨いで……」

口を離して言うと、先に香凜が彼の顔に跨がり、和式トイレスタイルでしゃがみ込んでくれた。M字になった脚がムッチリと張り詰め、鼻先に迫る割れ目はすでにヌラヌラと潤っていた。

幹男は恥毛に鼻を埋め、蒸れて籠もる汗とオシッコの匂いで鼻腔を満たしながら舌を這わせ、淡い酸味のヌメリを貪った。膣口を掻き回してクリトリスまで舐め上げていくと、

「アアッ……、いい気持ち……」

香凜が熱く喘ぎ、さらに新たな愛液を漏らしてきた。

それをすってから尻の真下に潜り込み、顔中に弾力ある双丘を受け止めながら谷間の蕾に鼻を押し付けた。

蒸れた微香を嗅いでから舌を這わせてヌルッと潜り込ませ、滑らかな粘膜を探ると、

「あう……、いいわ、交代……」

香凜が肛門で舌先を締め付けながら言い、やがて股間を引き離してきた。

すると友里子もすぐに跨がり、量感ある太腿を張り詰めさせながらしゃがみ込んでくれた。

やはり割れ目は大量の愛液にまみれ、恥毛に鼻を埋め込むと濃厚に蒸れた匂いが籠もり、悩ましく鼻腔を刺激してきた。

舌を這わせて膣口の襞を探り、クリトリスまで舐め上げていくと、

「ああ……、もっと……」

友里子がキュッと座り込んで喘ぎ、新たな愛液をトロトロと漏らした。

その間に、彼自身はすっかりピンピンに回復していた。

さっきの射精などなかったかのように、今すぐにでも昇り詰めたいほど高まってきた。

幹男は充分に舐め回して愛液をすすり、白く豊満な尻の真下に潜り込んだ。

顔中に双丘を感じながら谷間の蕾に鼻を埋め、悩ましく蒸れた匂いを貪ってから舌を這わせ、ヌルッと潜り込ませた。

「く……」

友里子が呻き、キュッと肛門で舌先を締め付けた。

彼は微妙に甘苦い粘膜を滑らかに舐め回し、顔に割れ目から滴る愛液を受け止めた。

こうして二人分の足から、股間の前も後ろも味わい尽くすと、もう堪らず彼は挿入したくなってきてしまった。

「い、入れたい……」

顔を離して言うと、すぐに香凜が友里子を助け起こした。

「いいわ、いよいよ始めるのでバスルームへ」

言われて幹男も起き上がり、全裸のまま三人で部屋を出ると、バスルームへと移動していった。

バスルームということは、やはり血が流れるからだろうか。幹男はゾクゾクしながら、自分が気を失っていた間の光景に妖しい期待を抱いた。

香凜が洗い場の床にバスマットを敷き、そこに向けてシャワーの湯を出しっ放しにした。

「じゃ、幹男さんが寝て、友里子さんは女上位で交わって」

香凜が言うと彼は仰向けになり、まずは香凜がペニスにしゃぶり付き、唾液のヌメリを与えてから顔を離し、そこへ友里子が跨がってきた。

2

「アアッ……、いい気持ち……」

友里子がヌルヌルッと幹男自身を根元まで受け入れて座ると、ビクリと顔を仰け反らせて熱く喘いだ。

彼も肉襞の摩擦と温もり、締め付けと潤いに包まれながら快感を味わったが、やはり少しでも長く味わいたいので、まだ動かなかった。

快感で上体が起こしていられないのか、友里子が身を重ねてきた。

幹男も下から両手で抱き留め、豊満美女の温もりと重みを受け止めた。

「じゃ、頂くわ。本当に痩せて構わないのね？」

香凜が念を押すように、女上位で交わっている友里子に言った。

「ああ、いっぱい食べて……」

マゾっ気のある友里子が熱く喘ぎながら言い、キュッキュッと彼自身を締め付けてきた。動かなくても溢れる愛液が彼の陰嚢を濡らし、肛門の方まで生ぬるく伝い流れた。

すると香織はバスルームの灯りを消し、友里子に迫った。

薄暗くなっても窓はあるし、力を宿している幹男には何もかも見えた。

「脚を伸ばして」

香織が言うと、幹男の上に乗っている友里子も、全体重を掛けて両脚を伸ばしながら彼にのしかかった。

その爪先に香凜が股間を迫らせ、膣口にゆっくり呑み込んでいったのだ。

歯のある膣がモグモグと爪先を咀嚼《そしゃく》しながら、どんどん深く脚全体を受け入れていった。

「アアッ……！」

友里子が眉をひそめて喘ぎ、それでも膣内の収縮と愛液の量は増していった。

「痛い？」

「ええ、でも嬉しい……」

幹男が囁くと、友里子も熱い息を弾ませて答えた。

彼は潜り込むようにして、巨乳に顔を埋め、甘ったるい汗の匂いに噎せ返りながら乳首を吸ったが、友里子の全神経は脚に集中しているようだ。

恐る恐る見ると、香凛の膣は、いつしか友里子の片方の脚を付け根まで呑み込んでいるではないか。

「ああ、美味しい……」

香凛も後ろに両手を突き、心地よさそうに喘いで言いながら股間を突き出し、膣口を締め付けていた。

脚全体を呑み込んだのなら、爪先が香凛の口から覗きそうなものだが、やはり彼女の体内は異世界に繋がっているのだろう。

膣口は鋭い歯で咀嚼しているが血が流れるようなことはなく、全て香凛が吸収しているようだ。

やがて香凛が、ゆっくりと股間を離してゆき、脚を引き抜いていった。

脚の骨だけが残っているかと思ったが、現れたのはスラリと引き締まった細い脚ではないか。

（す、すごい……）

幹男は目を見張り、自分も気を失っている間、このように美女に食べられたのかと思うと激しい興奮が湧いた。

すぐにも股間を突き上げて昇り詰めたいが、やはり最後まで見届けたいから我慢することにした。そうすれば交わったまま、いつしかほっそりした友里子と交わっていることになる。

友里子は、すっかり興奮と違和感で朦朧となっていた。

そして香凜は、もう片方の脚を膣口に呑み込んでいった。

幹男はのしかかる友里子の左右の乳首を含んで舐め、腋の下にも鼻を埋め込んで濃厚に甘ったるい汗の匂いを嗅いだ。

すると、いつしか友里子の全身が異常に発汗し、滝のように汗が流れていた。

両脚を食われながら、さらに彼女は体内の水分を全身の穴から分泌させているようだ。

交わっている部分からも、熱い愛液とオシッコが漏れてきた。

友里子の目からは涙が溢れ、鼻からは鼻水が流れ落ちていた。だから口呼吸するため、熱く湿り気ある吐息を彼は心ゆくまで嗅ぐことが出来た。それは濃厚に甘酸っぱく、昼食の名残の成分も混じり、刺激的に鼻腔を掻き回して胸に沁み込んできた。

さらに友里子の尻から排泄する音がして生々しい匂いが感じられ、そして彼の顔の脇に友里子は嘔吐して噎せ返った。

これだけ全てを出してしまうというのも爽快そうだ。もっとも幹男もしたことなのだろう。

それを香凜がシャワーで洗い流していた。

そして香凜は、友里子の両腕も膣内に呑み込み、咀嚼してから引き抜くとたるみのない瑞々しい腕が現れた。

すると香凜は膣から口に歯を戻し、友里子の尻や背に嚙みついて咀嚼し、すすりはじめたのである。

正に鬼女カーリーである。

手脚のように細長い部分は膣から食い、大きな肉体そのものは口で咀嚼しているようだ。

「アア……、もっと食べて……」

友里子が朦朧としながら言い、膣内の収縮を強めた。

幹男も徐々に股間を突き上げ、摩擦快感に高まっていった。

なおも友里子は大量の発汗をしながら断続的に大小の排泄をし、幹男の顔の横に吐き出して、彼は混じり合った刺激臭にゾクゾクと絶頂を迫らせた。

香凜は友里子の尻と背、脇腹まで貪るように食い尽くしては、張りのある肌に新生させていった。

さらに友里子の首回りと頬も食い尽くした。

いつしか、幹男にのしかかっている友里子の重みが半減していた。

「いいわ、いっても」

香凜が作業を終えたように囁き、添い寝してきた。

幹男も突き上げを強めて高まりながら、上にいる友里子と横の香凜の顔を引き寄せ、それぞれの舌を舐め回した。

香凜の舌は血に染まることもなく、吐息はさっきと同じ甘い匂いだ。

「顔中ヌルヌルにして……」

言うと香凜も長い舌で彼の顔中を舐め、生温かな唾液にまみれさせてくれた。

彼は混じり合う濃厚な二人分の吐息を嗅ぎ、唾液をすすって喉を潤すと、もうひとたまりもなく昇り詰めてしまった。

「い、いく……！」

突き上がる絶頂の快感に口走り、ありったけの熱いザーメンをドクンドクンとほとばしらせると、

「き、気持ちいいわ……、アアーッ……！」

噴出を受けた友里子も声を上ずらせ、ガクガクと狂おしいオルガスムスの痙攣を開始したのだった。

艶めかしい収縮の中で快感を味わい、彼は心置きなく最後の一滴まで出し尽くしていった。

すっかり満足して突き上げを弱めていくと、いつしか友里子も失神したように力を抜き、グッタリともたれかかっていた。

下からしがみつく友里子の肉体は、いつの間にか別人のようにほっそりしているではないか。

まだ膣内はキュッキュッと貪欲に収縮を繰り返し、刺激されたペニスがヒクヒクと過敏に跳ね上がった。

そして幹男は、二人分のかぐわしく刺激的な吐息を胸いっぱいに嗅ぎながら、うっとりと快感の余韻に浸り込んでいった。

重なったまま荒い呼吸を繰り返していると、香凜が身を起こして友里子を引き離し、ゴロリと横たえた。そしてシャワーの湯で、あらためて二人の全身を洗い流してくれたのだ。

「ああ……」

徐々に友里子が息を吹き返して声を洩らし、目を開いた。

「大丈夫？　起きられる？」

「ええ……」

香凜が抱き起こすと、友里子も答えて身を起こしていった。

「ああ、身体が軽いわ……」

まだとろんとした眼差しをして言い、友里子は自分の手を見て、胸や腹に触れはじめた。

乳房は形良く張りのある巨乳のままで、腹はスッキリしていた。もう首も細く二重顎でもなく、そぎ落としたように頰も健康的に引き締まっていた。あれだけ全身から全てを出し尽くしたのだから、気持ち良かったことだろう。

幹男も呼吸を整えて身を起こした。

「まあ……、私の身体が……」

友里子は目が覚めたように声を洩らし、顔を上げて二人の顔を見た。

そして彼女は軽々と立ち上がるとバスルームを出て、洗面所の鏡に自分を映したのだった。

3

「これが、私……？」

友里子は鏡を見ながら両手で頬を撫で、背を向けて振り返ったりした。

そして夢ではないと知ると、いきなり両手で顔を覆い、小刻みに肩を震わせて嗚咽した。

「涙が出ないわ……」

「今は水分を出し尽くしたからでしょう。でも僕は、前の友里子さんも好きでしたよ。今は細くてすごく綺麗だけど」

幹男は友里子に言い、三人で身体を拭いて部屋に戻った。

「香凜、なんてお礼を言ったら良いのか分からないわ」

「いいえ、私もすごく美味しかったのでお礼なら私が」

二人は言い、どちらも満足そうだった。

「服を貸してくれるかしら」

「ええ、差し上げるので好きなのを着て下さいね」

「じゃそれを着たら、この足で北海道へ帰ることにするわ。少し経ったら東京へ戻ってくるので」

友里子は言い、香凜が開けてくれた箪笥から下着や服を選びはじめた。

「ま、待って。しばらく会えないならもう一回だけ」

友里子が服を着る前に、幹男はまた回復しながら言った。

美女二人を相手など、今度いつこんな幸運な機会が巡ってくるのか分からないし、あらためて別人になったような友里子を味わいたかったのだ。

「いいわ。嬉しいので何でもしてあげる」

友里子も答え、新生された瑞々しい肉体を弾ませてベッドに来た。もちろん香凜にも否やはなく、三人で横になった。

「すごいわ。こんなに勃って……」

友里子が屈み込んで言い、張り詰めた亀頭にしゃぶり付いてくれた。

幹男は香凜を抱き寄せ、甘い刺激の吐息を嗅ぎながら舌をからめ、生温かな唾液をすすった。

やがてペニスを充分に唾液にヌメらせると、友里子が口を離し、顔を上げて添い寝してきた。

「何だかすぐいきそうだわ。新しい身体に入れて……」

仰向けになって言うので、幹男も起き上がって正常位で股間を迫らせた。

本当は、まだ今日は香凜に挿入していないのだが、香凜とはいつでも会えるし友里子とはしばしの別れである。

そして先端を割れ目に押し当て、濡れている膣口にゆっくり挿入していった。

友里子も、さっき交わったが半分失神していたので、いま初めて心ゆくまで味わいたいようだった。

ヌルヌルッと根元まで押し込んで股間を密着させると、

「アアッ……、いい……」

友里子が顔を仰け反らせて喘ぎ、キュッときつく締め付けてきた。

幹男は身を重ねて温もりと感触を味わい、香凜も横に並べて仰向けにさせた。

そして彼は腰を突き動かし、摩擦快感を味わいながら屈み込んで、二人分の乳首を順々に吸って舐め回した。

もう濃厚だった体臭は洗い流されてしまったが、瑞々しい肌の張りが実に心地よかった。

「ああ、いい気持ち……」

友里子も股間を突き上げながら喘ぎ、愛液の量と収縮を強めていった。全身の水分を出しても、愛液だけは無尽蔵に湧くものらしい。

幹男もジワジワと高まりながら、並んだ二人と唇を重ね、三人で舌をからめ合った。

美女たちの混じり合った吐息を嗅ぐと、顔中が湿り気を帯び、悩ましい刺激が鼻腔から股間に伝わってきた。

「い、いっちゃう、すごいわ、ああーッ……！」

たちまち友里子が声を上ずらせ、ガクガクと狂おしく腰を跳ね上げてオルガスムスに達した。

幹男も膣内の締め付けと収縮で揉みくちゃにされ、二人分の唾液と吐息を味わいながら昇り詰めてしまった。

「く……、気持ちいい……！」

幹男は快感に呻き、ありったけの熱いザーメンをドクンドクンと勢いよく膣内に注入した。

「あう、熱い、もっと……」

友里子も噴出を感じ、駄目押しの快感に呻きながらきつく締め付けた。

彼は快感を嚙み締め、最後の一滴まで出し尽くすと、満足しながら動きを弱めていった。

「アア……」

友里子も力尽きたように声を洩らし、グッタリと身を力を抜いていった。

幹男は、収縮の中で過敏にヒクヒクと幹を震わせた。そして二人分の混じり合った吐息で鼻腔を刺激されながら、うっとりと快感の余韻に浸り込んでいったのだった……。

——もう一度三人でシャワーを使い、身体を拭いて身繕いをした。

友里子はドライヤーを借りて髪を乾かしてから、香凛にもらった下着と服を身に着けた。

「ピッタリだわ。綺麗な香凜と同じ体型になるなんて……」

友里子は感激して言い、やがてバッグを持つと、何度も礼を言ってから屋敷を出た。

幹男も、香凜に言われて友里子を駅まで送ることにした。

タクシーで駅まで行くと、友里子はそのまま羽田へ向かうらしい。

もう念を押すまでもなく、香凜がカーリーの化身だという秘密は三人だけものとして友里子は承知しているようだった。

彼女は痩せただけでなく、魔界の力も宿しているだろうが、女性だから力仕事や喧嘩の機会などないだろう。

それでも徐々に自身に芽生えた力に気づくだろうが、友里子のことだから大学の仕事に頑張るだけに違いない。

「じゃまた、気をつけて」

「ええ、また会ったら三人で楽しみましょう」

「待ちきれなかったら北海道へ訪ねて行きますから」

「ぜひ来て、香凜も一緒に」

友里子は美しい笑顔で答え、改札に入っていった。

やがて友里子と別れた幹男はアパートに戻り、いろいろあった今日を振り返った。そして明日からも、また色々あるだろうと期待しながら、いつもの質素な夕食の仕度をしたのだった。

4

日曜の昼過ぎ、絵美がアパートに来て幹男に言った。

リュックを背負ったジーンズ姿だから、二泊のキャンプを終えて戻り、家よりここへ先に寄ったようだ。

「お邪魔していいですか」

もちろん幹男も、美少女の顔を見た途端に激しい淫気を湧き上がらせてしまった。すぐ中に入れ、ドアを内側からロックした。

絵美も、夕方までに帰ると母親の真矢子にラインしたらしい。

「キャンプは楽しかった？」

「ええ、三人で夜中までお話ししたわ。少しだけビールも飲んじゃった」

「そう、楽しかったのなら良かった」

幹男は答えながらも、その間に彼が真矢子と懇ろになってしまったことに禁断の興奮を覚えた。

「でもシャワートイレではなかったの。お風呂もなく、共同の簡易シャワー室があるきり」

「それは、温泉宿じゃなくキャンプ場だから仕方ないね」

彼は言い、では美少女の股間は前も後ろもムレムレだろうと激しく勃起した。

昨夜シャワーを浴び、一夜経って朝から山を下りてきたのだろう。そして駅で昼食を済ませて仲間と別れたようだった。

「シャワー借りてもいいですか？　家まで待てない感じなんです」

「もちろんいいよ。じゃ脱いでね」

幹男は言い、自分も脱ぎはじめた。

「あ、洗ってからにして……」

「ううん、そんな勿体ないことしないよ。この世でいちばん可愛い少女が、ナマの匂いを沁み付かせているんだからね」

手早く先に全裸になると、幹男は絵美に迫ってシャツを脱がせにかかった。

「あん、本当に汗臭いのよ。知らないから……」

絵美は羞じらいながら声を震わせ、それでも途中から自分で脱ぎはじめてくれた。確かに脱いでいくうちに、いつになく甘ったるい濃厚な汗の匂いが悩ましく漂っていた。

やがて最後の一枚まで脱がせてから、全裸の絵美を布団に仰向けにさせた。

幹男は、まず彼女の足裏に屈み込み、舌を這わせながら縮こまった指の間に鼻を割り込ませて嗅いだ。

「ああ、そんなところから……」

絵美が羞恥に声を洩らし、彼は美少女のムレムレになった足の匂いを貪った。

今までで一番濃い匂いで、指の股は生ぬるい汗と脂に湿り気を帯び、蒸れた匂いが刺激的に沁み付いていた。

「すごくいい匂い」

「うそ……、あう！」

嗅いで言いながら爪先にしゃぶり付くと、絵美がビクリと反応して呻いた。

幹男は念入りに指の股を舐め、両足とも味と匂いを心ゆくまで堪能してから、大股開きにさせていった。

白くムッチリした内腿を舐め上げ、股間に迫ると熱気が感じられた。

見ると、ぷっくりした割れ目からはみ出すピンクの花びらは、ネットリと清らかな蜜に潤っていた。

やはり彼女も快楽を得たくて、真っ直ぐ帰宅せずここへ寄ったのである。

指で陰唇を広げると、快楽を知ったばかりの膣口が濡れて息づき、光沢ある小粒のクリトリスもツンと突き立っていた。

顔を埋め込み、柔らかな若草に鼻を擦りつけて嗅ぐと、やはり甘ったるい汗の匂いが濃く沁み付いて蒸れ、生ぬるいオシッコと恥垢のチーズ臭も混じって悩ましく鼻腔を刺激してきた。

「いい匂い」

「アアッ……！」

嗅ぎながら言うと、絵美が羞恥に声を洩らし、キュッときつく内腿で彼の両頬を挟み付けてきた。

幹男ももがく腰を押さえつけて胸を満たし、舌を挿し入れて淡い酸味のヌメリを搔き回した。そして息づく膣口の襞から、ゆっくりクリトリスまで舐め上げていくと、

「あう、いい気持ち……！」

すっかり朦朧となった絵美が身を弓なりに反らせて呻き、内腿に強い力を込めて悶えた。

彼はチロチロと舌先で弾くようにクリトリスを刺激しては、トロトロと泉のように溢れてくる愛液をすすった。

さらに絵美の両脚を浮かせ、オシメでも替える格好にさせて尻に迫り、谷間に閉じられた薄桃色の蕾に鼻を埋め込むと、弾力ある双丘が心地よく顔中に密着してきた。

蕾には、蒸れた汗の匂いに混じり、ビネガー臭に似た、生々しく秘めやかな微香も感じられ、艶めかしく鼻腔を刺激してきた。さすがにシャワートイレもないキャンプ場で二泊三日を過ごしたのだから、正に全ての場所から十八歳のナマの匂いが感じられた。

充分に嗅いでから舌先で蕾を舐め、細かに震える襞を濡らしてヌルッと潜り込ませ、滑らかな粘膜を味わった。

「あう、そこダメ……」

自分でも、普段より匂うことを知っている絵美は呻き、キュッときつく肛門で舌先を締め付けてきた。

幹男は執拗に舌先を出し入れさせるように蠢かせ、微妙に甘苦い粘膜を味わい尽くしてから、ようやく脚を下ろして再び割れ目に吸い付き、大量の愛液をすすった。

「も、もうダメ……！」

絵美がむずがるように身をよじって言い、絶頂を迫らせて彼の顔を股間から追い出しにかかった。

幹男も這い上がり、股間から下腹、臍を舐め、前進しながらピンクの乳首にチュッと吸い付いて舌で転がした。

「アア……」

左右の乳首を舐めて顔中で膨らみを味わうと、彼女もクネクネと悶えて熱い息遣いを繰り返した。

両の乳首を愛撫してから彼女の腕を差し上げ、ジットリと生ぬるく湿った腋の下に鼻を埋めると、やはり甘ったるい汗の匂いが濃厚に籠もっていた。

「ここもいい匂い」

「アア、言わないで……」

絵美がくすぐったそうに言い、彼の顔を腋に抱え込んだ。

ようやく匂いを堪能すると彼は添い寝し、絵美を上にさせた。

「ここ舐めて」

言いながら胸に顔を引き寄せると、絵美も素直に彼の乳首に吸い付き、熱い息で肌をくすぐりながら舌を這わせてくれた。

「ああ、気持ちいいよ。強く噛んで」

「大丈夫……？　こう……？」

仰向けになってせがむと、絵美も言いながら軽く前歯でキュッと乳首を挟んでくれた。

「ああ、気持ちいい、もっと強く……」

甘美な快感に喘いで言うと、絵美も、やや力を込めて左右の乳首を念入りに刺激してくれた。

やがて彼女の顔を押しやると、素直に移動して大股開きになった股間に腹這いになり顔を寄せてきた。

幹男は自ら両脚を浮かせて抱え、美少女の鼻先に尻を突き出した。

「ここ舐めて。僕はちゃんと洗ったばかりだからね」

「あん、意地悪ね……」

言うと絵美がさらなる羞恥に声を震わせ、激しく谷間を舐め回してきた。

熱い鼻息で陰嚢をくすぐり、充分に濡らしてからヌルッと潜り込んでくると、

「あう、気持ちい……」

幹男は妖しい快感に呻き、モグモグと味わうように美少女の舌先を肛門で締め付けた。

絵美も厭わず内部で舌を蠢かせてくれ、彼が脚を下ろすと、自然にそのまま陰嚢を舐め回してくれた。二つの睾丸を舌で転がし、たまにチュッと吸い付くと、

「く……」

急所を吸われて、彼は思わず呻いて腰を浮かせた。

やがて袋全体が生温かな唾液でヌルヌルになると、絵美は自分から前進して肉棒の裏側を舐め上げてきた。

滑らかな舌が先端まで来ると、絵美は幹に指を添え、粘液が滲む尿道口をチロチロと舐め回し、張り詰めた亀頭にも舌を這わせると、丸く開いた口でスッポリと呑み込んでいった。

最大限に勃起したペニスは深々と含まれ、先端がヌルッとした喉の奥の肉に触れた。

「ああ、気持ちいいよ、すごく……」

幹男は喘ぎながらズンズンと股間を突き上げると、

「ンン……」

絵美は喉を突かれて呻き、新たな唾液をたっぷり溢れさせて肉棒を生温かく浸してくれた。そのまま自分も顔を小刻みに上下させ、濡れた口でスポスポと摩擦しはじめた。

彼は股間に熱い息を受けながら高まり、いよいよ危うくなると絵美の手を握って引き寄せた。

絵美もチュパッと口を離して前進し、引っ張られるまま彼の股間に跨がった。

そして自らの唾液に濡れた先端に割れ目を押し当て、幹に指を添えながら膣口に位置を定めると、息を詰めてゆっくり腰を沈み込ませた。

張り詰めた亀頭が潜り込むと、あとはヌルヌルッと滑らかに根元まで呑み込まれ、幹男は心地よい肉襞の摩擦を味わった。

「アア……！」

完全に座り込むと、絵美が顔を仰け反らせて喘ぎ、密着した股間をグリグリ動かした。

もう挿入による痛みは全くないようで、さらなる快感を求めて彼女は自分から腰を動かし、ゆっくりと身を重ねてきた。

幹男も両手で抱き留め、両膝を立てて弾力ある尻を支えながら、美少女の温もりと感触を味わった。

彼女がのしかかると胸に乳房が密着して心地よく弾み、まだ動かず、幹男は下から唇を重ねて舌を挿し入れた。滑らかな歯並びと八重歯を舐め、奥に潜り込ませて舌を触れ合わせると、絵美もチロチロと遊んでくれるように滑らかにからみつけてくれた。

生温かな唾液のヌメリが心地よく、彼が堪らずにズンズンと股間を突き上げはじめると、

「ああ……、奥が、熱いわ……」

絵美が口を離して喘ぎ、合わせて腰を遣いはじめた。

大量の愛液が動きを滑らかにさせ、次第にリズミカルになると、クチュクチュと淫らに湿った摩擦音が聞こえてきた。

喘ぐ口に鼻を押し込んで嗅ぐと、やはり甘酸っぱい息の匂いが濃厚に鼻腔を刺激し、それに口で乾いた唾液の香りも混じった。

さらに、美少女の下の歯の裏側からは、淡いプラーク臭も感じられ、幹男は濃厚な吐息に酔いしれながら高まった。

溢れる愛液が互いの股間をビショビショにさせ、もう絵美も腰の動きが止まらなくなってきたようだった。

5

「ね、唾を垂らして。酸っぱいレモンをかじること想像して、いっぱい」

下から言うと、もう絵美も快感に任せてためらうことなく、懸命に口中に唾液を分泌させはじめた。

顔を引き寄せると、彼女は愛らしい唇をすぼめて迫り、白っぽく小泡の多いシロップをグジューッと吐き出してくれた。

それを舌に受けて味わうと、プチプチと弾ける小泡の全てに、美少女の甘酸っぱい匂いが含まれているようだった。

喉を潤して酔いしれると、膣内にあるペニスが歓喜にヒクヒクと震えた。

「ね、顔にもペッて強く吐きかけて」

「そ、そんなこと出来ないわ……」

言うと、絵美が濃厚な吐息を震わせて答えた。そして動揺するように、キュッキュッと膣内が締まった。

「どうしてもして。天使みたいな絵美ちゃんが、絶対に他の男にしないことを僕だけにしてほしい」

小刻みに股間を突き上げながらせがむと、絵美も朦朧としながら大量の愛液を漏らし、

「アア、いいのかしら、そんなことして……」

ためらいつつも、彼が望むことだからと再び唾液を溢れさせた。そして息を吸い込んで唇に溜め、垂れる直前にペッと吐きかけてくれた。

「ああ、もっと強く……」

「変な気持ち……、いいのね？」

さらにせがむと絵美も興奮に任せ、もっと勢いを付けて吐きかけてきた。

生温かな唾液の固まりが鼻筋を濡らし、顔中を甘酸っぱい匂いが包み込み、頬の丸みをトロリと伝い流れた。

「ああ、気持ちいい、こんな可愛い子がこんなことするなんて」

「あん、意地悪、頼んだくせに……」

絵美は詰るように言いながら、彼の顔を濡らした唾液を拭うように舌を這わせてくれた。

それがかえって顔中に塗り付ける結果になり、幹男は唾液や舌のヌメリと悩ましい匂いに高まっていった。

「い、いく……、アアッ……！」

とうとう彼は絶頂に達し、激しく股間を突き上げながら肉襞の摩擦と締め付けの中、大きな快感に包まれて喘いだ。

同時に、熱い大量のザーメンがドクンドクンと勢いよく柔肉の奥にほとばしって直撃すると、

「い、いっちゃう、いい気持ち……、アアーッ……！」

噴出を感じた絵美もオルガスムスのスイッチが入り、声を上ずらせながらガクガクと狂おしい痙攣と収縮を繰り返した。

幹男は摩擦快感の中で快感を噛み締め、心置きなく最後の一滴まで出し尽くしていった。僅かの間に、絵美もすっかり彼の愛撫に応えるほど成長しているのが嬉しかった。

満足しながら突き上げを弱めていくと、

「ああ……、溶けてしまいそう……」

絵美も膣感覚の絶頂に力尽き、グッタリと力を抜いてもたれかかりながらか細く言った。

互いに動きを止めても、まだ膣内は息づくような収縮を繰り返し、射精直後のペニスが刺激されてヒクヒクと過敏に跳ね上がった。

そして彼は美少女の重みと温もりを受け止め、熱く湿り気ある吐息を嗅いで、悩ましく甘酸っぱい匂いに酔いしれながら、うっとりと快感の余韻を味わったのだった。

やがて呼吸を整えると、重なったまま眠りそうになっている絵美が懸命に身を起こし、股間を引き離した。

「シャワー借りるわね……」

言って起き上がったので、彼も一緒にバスルームに移動した。そしてシャワーの湯を互いの全身に浴びせると、絵美はスポンジにボディソープを付けて全身、特に腋や股間や足指を念入りに洗った。

もう一度シャワーでシャボンを洗い流すと、すっかり彼は回復していた。

「じゃオシッコしてね」

床に座ったまま目の前に立たせて言うと、絵美もまだ余韻が残り、拒まず股間を突き出してくれた。彼は片方の足を浮かせてバスタブのふちに乗せ、開いた割れ目に顔を埋めた。

濃厚だった匂いも消えてしまったが、舐めるとすぐにも新たな愛液が溢れて舌の動きがヌラヌラと滑らかになった。

「あう、出ちゃう……」

いくらも待たずに彼女が言い、すぐにもチョロチョロと熱い流れをほとばしらせてきた。

舌に受けて味わい、淡い匂いと味を堪能しながら喉を潤すと、甘美な悦びが胸いっぱいに広がっていった。

「アア……」

絵美が声を震わせ、膝をガクガクさせながら勢いを付けて放尿したが、間もなく治まってしまった。

幹男は残り香の中で余りの雫をすすり、割れ目内部を舐め回すと、すぐにも大量の愛液が溢れ、残尿を洗い流して淡い酸味のヌメリが満ちてきた。

「アア、もうダメ……」

　絵美は言って脚を下ろし、椅子に座り込んだ。

　幹男も、もう一度シャワーで互いの全身を洗い流し、立たせて身体を拭いてやった。

　そして全裸のまま布団に戻り、添い寝して腕枕してもらった。

「まだするの……？　私はもう無理、帰れなくなるわ……」

「うん、指でしてくれればいいよ」

　彼は言いながら絵美の手を握り、ペニスに導いた。彼女も柔らかな手のひらに
包み込み、ニギニギと強ばりを揉んでくれた。

　幹男は快感を味わいながら、絵美の開いた口に鼻を押し込んで息を嗅いだ。

「ああ、甘酸っぱい、この匂い好き」

「あん、歯も磨けば良かったな……」

　嗅ぎながら言うと、絵美は恥じらいを含んで言いながらも、愛撫を続けながら
可愛らしい息を吐きかけてくれた。

「ね、空気を呑み込んでゲップして。天使の胃の中の匂いも嗅ぎたい」

　幹男は、友里子の大小の排泄や吐瀉《としゃ》の匂いまで思い出して興奮した。

「そんな、すごく嫌な匂いだったらどうするの……」

「もっと好きになっちゃう」

「変なの……」

絵美は呆れて言いながらも、彼が望むことを拒まず、懸命に空気を呑み込んでから、軽くケフッと可愛いおくびを洩らしてくれた。

「ああ、コロッケの匂い。刺激がちょうどいい」

幹男は美少女の刺激臭を貪りながら、彼女の指の愛撫に高まっていった。

「い、いきそう。鼻をしゃぶって……」

息を弾ませて言うと、絵美も彼の鼻をしゃぶり、ヌラヌラと舌を這わせてくれた。幹男は、美少女の口の匂いと唾液の香りに包まれながら鼻腔を刺激され、そのまま昇り詰めてしまった。

「い、いく、気持ちいい……」

ガクガクと震えながら口走ると、絵美も懸命にニギニギと亀頭を愛撫してくれた。同時にありったけの熱いザーメンが勢いよくほとばしり、彼女の下腹や内腿に飛び散った。

「あん……、すごい勢い……」

絵美は肌に射精を感じながらも、出なくなるまで微妙な指の愛撫を続行してくれた。幹男は美少女の吐息を嗅いで身を震わせながら、最後の一滴まで出し尽くしていった。

「も、もういい、有難う……」

彼が言うと、絵美もヌルヌルになった指を離してくれた。

「またシャワー浴びないと……」

彼女は言いながら身を起こし、満足げに強ばりを解いている亀頭にしゃぶり付き、舌で綺麗にしてくれた。

「あうう……、い、いいよ、そんなことしなくて……」

幹男は過敏に腰をくねらせながら言ったが、絵美は全てのヌメリを舐め取り、ようやく顔を上げた。そしてティッシュで彼の下腹を拭ってから立ち上がり、再びバスルームに入って行った。

幹男は身を投げ出し、荒い息遣いを繰り返しながら快感の余韻を味わった。

そして傍らに脱いである絵美の下着を手に、裏側を嗅いでしまった。それほど目立ったシミはないが、繊維に沁み込んだ体臭が実に濃厚で、また彼はムクムクと回復しそうになってしまった。

（ああ、きりがない……）

幹男は思い、身を起こして下着を戻した。そして身繕いをすると絵美も出てきて身体を拭き、服を着はじめた。

「途中まで送ろう。夕食の買い物があるから」

やがて身繕いを終えた絵美に言い、幹男は二人でアパートを出たのだった。

第六章　検診台のある部屋

1

「根本、付き合って。ずっと会いたかったんだ」

大学の帰り、幹男は雅美に声を掛けられた。

彼女はスポーツ学科講師の二十六歳、空手の有段者で男っぽい美形だが、幹男と懇ろになってから、すっかり女の快楽に目覚めていた。

「ええ、お久しぶりです」

「行きたいところがあるの。来て」

言われて電車に乗り、二人で新宿まで出た。

そして歌舞伎町を通過してラブホテル街に行くと、いきなり三人の男に囲まれたのだ。

「いいなあ、昼間からエッチか。俺も混ぜてよ」

下卑た笑みで大柄な一人が言い、残る二人も舐めるように雅美の長身を見た。

みな二十代半ばの遊び人風である。

「消えろ、ゴミ」

楽しみを邪魔された雅美が一瞥して言うと、

「何、この女!」

リーダー格の男が気色ばんで摑みかかってきた。そこはラブホテル街の裏路地で、通る人もいない。

雅美は容赦なく、男の股間に素早い金的蹴り。

「むぐ……!」

男は白目を剝いて膝を突き、苦悶してしばらくは立てなかった。

「こ、こいつ……」

残る二人が怯みながらも、弱そうな幹男に飛びかかってきた。

幹男も同じように、二人の股間に渾身の金的蹴りを見舞った。

「ウ……！」

二人も呻き、うずくまった。その三人を摑み上げ、幹男は傍らのゴミ置き場に順々に放り投げてやった。

「行きましょう」

「ええ、水を差されたわ。入りたいホテルはあっち」

促すと雅美も、気を取り直して答え、さらに奥へと彼を誘った。

「金的に上手く決まりすぎたわ。死なないかしら」

「大丈夫でしょう。もっとも三人とも睾丸が二つとも潰れたようだから、やがて立派なオカマになることでしょう」

幹男は苦笑して答えた。

しかし期待に水を差されたが、むしろ今の出来事を爽快なイントロとして彼女は受け止め、さっき以上に浮き浮きと案内し、やがて二人で一軒のホテルに入ったのだった。

空室のパネルを選び、雅美はフロントで支払いをしてキイを受け取った。

エレベーターで五階まで行って密室に入ると、そこはダブルベッドの他に、婦人科の検診台が置かれている部屋だった。

「ネットで見たのよ。来てみたくて」

「いいですね。じゃ互いにシャワーも浴びずにすぐ始めましょう」

幹男も興奮を高めて言った。彼は朝にシャワーを浴びているし、昼食後も洗面所で歯磨きを済ませていた。今は女性運が最大なので、いつでも出来るよう日々準備しているのである。

「いいのかしら、ずいぶんコーチやって動いたけど」

雅美は少々ためらったが、何しろ興奮の方が大きいので快楽を優先したように自分から脱ぎはじめた。

幹男も手早く全裸になり、やがて最後の一枚を脱ぎ去った彼女を検診台へと乗せた。

「アア……、ドキドキするわ……」

勝ち気な彼女が大股開きにされ、足首をマジックテープで固定されて受け身になると、声を震わせて汗ばんだ乳房を息づかせた。

幹男も検診台の前にある椅子に掛け、まずは丸見えになった股間よりも、彼女の素足に顔を迫らせた。

ためらいなく男の股間を蹴り上げる右足も、今は身動きできなくなっている。

彼は逞しく大きな足裏に舌を這わせ、太くしっかりした指の間に鼻を割り込ませ、生ぬるい汗と脂に湿り、濃厚に蒸れた匂いを貪った。そして両足とも交互に嗅いで酔いしれ、爪先にしゃぶり付き順々に指の股にヌルッと舌を割り込ませて味わった。

「ああッ……、くすぐったくて、いい気持ち……」

雅美が、いつしか女らしい声で喘いだ。やはり足首を固定されていると反応も格別なようだ。

幹男は両足とも味と匂いを堪能し尽くすと、大股開きになっている雅美の引き締まった長い脚の内側を舐め上げ、ムッチリと張り詰めた内腿をたどって股間に迫っていった。

割れ目からはみ出した陰唇はヌラヌラと大量の愛液にまみれ、今にも肛門の方にまで滴りそうなほど雫を脹らませていた。

何しろ検診台は、便座のようなUの字だから、割れ目から肛門まで、何もかも丸見えになっているのだ。

顔を寄せて指で陰唇を広げると、息づく膣口からは白っぽく濁った本気汁も滲み、大きめのクリトリスが愛撫を待って光沢を放っていた。

顔を埋め込んで恥毛に鼻を擦りつけて嗅ぐと、隅々には蒸れた汗とオシッコの匂いが混じり、何とも悩ましく鼻腔を刺激してきた。

「いい匂い」

「あう……」

嗅ぎながら言っても、雅美は喘ぐばかりだった。脚を閉じて彼の顔を挟みたくても、両足首はしっかりと固定されている。

幹男は悩ましい匂いで充分に鼻腔を満たしながら、舌を挿し入れていった。

淡い酸味のヌメリが舌の動きを滑らかにさせ、膣口の襞からクリトリスまで舐め上げていくと、

「アアッ……、いい……！」

仰向けに近い雅美が顔を仰け反らせて喘ぎ、検診台をギシギシと鳴らした。

彼はクリトリスに吸い付いては溢れる愛液をすすり、さらに尻の谷間にも迫っていった。

ピンクの蕾に鼻を埋めて嗅ぐと、やはり秘めやかに蒸れた匂いが籠もり、鼻腔を刺激してきた。彼は匂いを貪ってから舌を這わせ、ヌルッと潜り込ませながら顔中で双丘の弾力を味わった。

「く……、いい気持ち……」

雅美が肛門で舌先を締め付けながら呻き、やがて彼は充分に舌を蠢かせて粘膜を探ってから、再び愛液が大洪水になっている割れ目に戻った。

見ると、台の下に引き出しがあり、引っ張るとトレーが出てきた。

「ね、オシッコしてみて」

言いながら、彼はチュッとクリトリスに吸い付いた。あとでトレーを洗って戻せば良いだろう。

なおも割れ目内部を舐め回していると、

「あうう、出そうよ、大丈夫……？」

すっかり尿意を高めた雅美が、息を詰めて言った。

返事の代わりに吸引を強め、激しく舌を蠢かすと、割れ目内部の柔肉が迫り出し、たちまち味わいと温もりが変わってきた。

「で、出る……、アア……」

彼女が言うなりチョロチョロと熱い流れがほとばしり、幹男は口に受けて味わい、喉を潤した。味と匂いは控えめだが、勢いが増すと溢れた分がトレーにバシャバシャと滴り、その音に彼女は腰をよじった。

「ああ、恥ずかしい……」

雅美は羞恥に声を震わせ、白い下腹をヒクヒク波打たせながら放尿を続けた。

彼が味と匂いに酔いしれていると、ようやく勢いが衰え、流れが治まった。

幹男は余りの雫をすすり、残り香の中で舌を這わせていると、新たな愛液が溢れてヌメリが満ちていった。

ようやく顔を上げ、こぼさないようトレーを押し込むと、移動して彼女の乳首に吸い付いていった。

コリコリと硬くなった乳首を舌で転がし、顔中で張りのある膨らみを味わって両方とも愛撫すると、腕を差し上げて腋の下に鼻を埋めた。

そこもジットリ湿り、甘ったるく濃厚な汗の匂いが沁み付いていた。

充分に嗅いで舌を這わせると、

「ね、ねえ、交代して……」

雅美が言うので、彼もようやく両足首の固定を解いてやった。

そしてフラつく雅美を支えながら検診台から下ろすと、入れ替わりに彼が仰向けになり脚を開いた。

左右にある台に両足を乗せると、彼女がマジックテープで固定した。

「お返しよ」

股間の椅子に座った雅美が言うと、彼は身動きできない興奮を覚えた。

なるほど、素人の女性が婦人科に来て、人の顔の前で股を開くとは、こういう気分なのかと思った。

すると雅美は、目をキラキラさせて彼の股間に顔を寄せてきたのだった。

2

「あう……、気持ちいい……」

いきなり肛門を舐められ、幹男は快感に呻いた。雅美も股間に熱い息を籠もらせて舐め、ヌルッと潜り込ませてきたので、彼は美女の舌先を肛門でキュッと締め付けた。

雅美は中で舌を蠢かせ、クチュクチュと出し入れさせるように愛撫してから、今は顔を上げて陰嚢を舐め回した。さっきは不良の睾丸を容赦なく破壊したが、今は慈しむように二つとも舌で転がし、袋全体を生温かな唾液でヌルヌルにまみれさせてくれた。

そして肉棒の裏側を滑らかに舐め上げ、ヒクヒク震える幹を指で支えながら、粘液の滲む尿道口を丁寧に舐め回した。

張り詰めた亀頭をしゃぶり、たまに目を上げて彼の表情を見ながら、丸く開いた口でスッポリと喉の奥まで呑み込んでいった。

「ああ……」

幹男は快感に喘ぎ、温かく濡れた美女の口腔を味わった。

雅美も幹を締め付けて吸い、内部でチロチロと舌を蠢かせ、肉棒全体を生温かな唾液にどっぷりと浸した。

さらに顔を上下させ、スポスポと濡れた口で強烈な摩擦を開始した。

「い、いきそう……」

すっかり高まった幹男が言うと、雅美もすぐにスポンと口を引き離し、顔を上げて両足首の固定を解いてくれた。

「じゃベッドへ……」

彼女が言い、二人はベッドへと移動した。互いの愛撫に関しては万能の検診台も、二人で乗るには安定が悪い。

もちろん幹男は仰向けになり、雅美が女上位で跨がってきた。

雅美が先端に割れ目を押し付け、息を詰めてゆっくり腰を沈み込ませてくると彼自身は、ヌルヌルッと滑らかに根元まで納まっていった。

「アア、いい気持ち……！」

雅美が完全に座り込むと、顔を仰け反らせて熱く喘いだ。

幹男も、肉襞の摩擦と締め付け、温もりと潤いに包まれてうっとりと快感を味わった。

そして彼女は密着した股間をグリグリ擦り付けてから身を重ね、幹男も下から両手を回して抱き留め、両膝を立てて尻を支えた。

すると雅美が上からピッタリと唇を重ね、舌を挿し入れてネットリとからみつけてきた。

幹男も舌を蠢かせ、滑らかに蠢く美女の舌と生温かな唾液を味わった。

堪らずにズンズンと股間を突き上げはじめると、

「アアッ……、もっと……！」

雅美が唾液の糸を引いて口を離し、喘ぎながら合わせて腰を動かした。

彼女の吐息は熱く湿り気を含み、昼食の名残で濃い刺激が含まれ、悩ましく鼻腔を掻き回してきた。

たちまち愛液の量が増して律動が滑らかになり、ピチャクチャと淫らに湿った摩擦音が響いてきた。収縮も活発になり、たちまち互いの股間がビショビショになった。

「しゃぶって……」

喘ぐ口に鼻を押しつけて言うと、雅美も舌を這わせ、鼻の穴をヌルヌルにしてくれた。彼は濃厚な息の匂いと唾液のヌメリ、肉襞の摩擦の中で激しく昇り詰めてしまった。

「い、いく……、アアッ……！」

快感に喘ぎ、勢いよくドクンドクンと熱いザーメンをほとばしらせると、

「い、いいわ……、ああーッ……！」

奥深い部分に噴出を感じた途端、雅美もオルガスムスのスイッチが入って声を上げ、ガクガクと狂おしい痙攣を開始した。

幹男は激しく股間を突き上げ、何とも心地よい快感を味わいながら、心置きなく最後の一滴まで出し尽くしていった。

すっかり満足して動きを弱めていくと、

「ああ……、良かったわ、すごく……」

雅美も満足げに声を洩らし、肌の硬直を解いてグッタリと体重を預けてきた。まだ膣内が名残惜しげに収縮を繰り返し、彼自身はヒクヒクと内部で過敏に跳ね上がった。

そして彼は美女の重みと温もりを感じ、悩ましい匂いの吐息で鼻腔を満たしながら、うっとりと快感の余韻に浸り込んでいったのだった……。

——バスルームでシャワーを浴びると、二人は身体を拭いて身繕いをした。

雅美は、また大学に戻って講師の仕事をするようなので、今日は一回戦で修了である。

二人でラブホテルを出て、駅に向かって歌舞伎町を横切ると、途中に三台の救急車が停まっていた。

「あいつらだね」

「ええ、ゴミ置き場だから発見が遅れたんでしょう」

二人は他人事のように言って駅に行った。

「あ、検診台のトレーを洗うのを忘れた。係の人に悪いことしたな……」

思い出した幹男が言うと雅美も苦笑し、やがて駅で別れたのだった。

3

「詳しくデータを調べた結果、無呼吸症は完全に治ってることが分かったわ」

翌日の昼前、真矢子がアパートに来て、幹男に言った。

事前にラインが来て、在宅しているかどうか確認されたのだ。

白衣でなく、私服の真矢子を見るのは初めてで、いかにも清楚なメガネ美女の奥さん、といった感じである。

「ええ、安心しました」

「じゃこれ、呼吸器のレンタル解約の書類」

言われて、彼は出された書類にその場でサインをして真矢子に渡した。

今日は、吉住医院は休診日のようだ。

もちろん来てくれた以上、事務だけで彼女が帰るとも思わず、早くも彼は期待にムクムクと勃起してきてしまった。

「ね、すぐ帰らないといけない？」

「今日はお休みだから、特にないけど。絵美も大学だし」

「じゃ、脱ぎましょう。僕は急いで今シャワーを浴びておいたから」

「まあ、私をそんな風にしか見ていないのね……」

言うと、真矢子も期待に目をキラキラさせて答えた。

「だって、治ったから月一回の通院も無くなっちゃうし、僕は真矢子先生のことばっかり考えているんだ」

「うそ、絵美の方が好きなんでしょう？」

真矢子は言ったが、まだ絵美と彼の関係には気づいていないようである。

とにかく幹男がドアをロックして脱ぎはじめると、真矢子もブラウスのボタンを外しはじめてくれた。

一応カーテンも閉めたが充分に明るい。

やがて全裸になって布団に横たわると、間もなく真矢子も最後の一枚を脱ぎ去ってメガネはそのまま、優雅な仕草で添い寝してきた。

彼は甘えるように腕枕してもらい、腋の下に鼻を埋め、生ぬるく甘ったるい体臭に包まれながら、目の前で息づく巨乳に手を這わせていった。

「アア……」

真矢子もすぐに喘ぎはじめ、やはり心の準備が出来ていたようだった。

幹男は指の腹で硬くなった乳首をコリコリといじり、美熟女の汗の匂いで充分に胸を満たした。

そして移動してのしかかり、左右の乳首を順々に吸って舌で転がすと、もう真矢子もじっとしていられないようにクネクネと悶えはじめた。

乳首と柔らかな膨らみを味わってから、彼は白く滑らかな熟れ肌を舐め降り、形良い臍を舐めて顔中で腹部の弾力を堪能し、豊満な腰のラインから脚を舐め降りていった。

スベスベの脚を這い下り、足首まで行って足裏に回り、踵から土踏まずを舐め回し、指に鼻を割り込ませて嗅いだ。

やはりそこは生ぬるい汗と脂に湿り、ムレムレの匂いが濃く沁み付いていた。

ゆうべ入浴しただけで、今日はまだどこも洗っていないのだろう。

幹男は蒸れた匂いを貪ってから爪先にしゃぶり付き、全ての指の股に舌を潜り込ませて味わった。

「あう、ダメ……」

真矢子はビクリと反応して呻いた。やはり神聖な診察室と違い、男の部屋を訪ねて来たという決意で、実に感じやすくなっているようだ。

幹男は両足とも味と匂いを貪り尽くすと、股を開かせて脚の内側を舐め上げていった。白くムッチリと張り詰めた内腿をたどり、股間に迫ると熱気と湿り気が顔中を包み込んできた。

割れ目からはみ出す陰唇は愛液にネットリと潤い、指で広げると、かつて絵美が産まれ出てきた膣口も襞を息づかせて妖しい収縮を繰り返している。真珠色の光沢を放つクリトリスも、精一杯ツンと突き立ち、もう堪らずに彼は顔を埋め込んだ。

ふっくらした丘に茂る柔らかな恥毛に鼻を擦りつけて嗅ぐと、蒸れた汗とオシッコの匂いと、それに大量の愛液による生臭い成分も混じって悩ましく鼻腔を刺激してきた。

「いい匂い」

「アア、そんなに嗅がないで……」

犬のように鼻を鳴らして言うと、真矢子は激しい羞恥に声を震わせ、ヒクヒクと白い下腹を波打たせて彼の顔を内腿で挟み付けた。

幹男は胸を満たしながら舌を挿し入れ、淡い酸味のヌメリを掻き回し、息づく膣口からクリトリスまで舐め上げていった。

チロチロと舌先で刺激すると、新たな愛液がトロトロと漏れてきた。

さらに彼女の両脚を浮かせ、逆ハート型の豊かな尻の谷間に迫った。

薄桃色の蕾に鼻を埋め込み、蒸れた微香を貪るように嗅いでから、舌先で襞を濡らし、ヌルッと潜り込ませて滑らかな粘膜を味わった。

「あう……!」

真矢子が呻いて浮かせた足を震わせ、肛門でキュッキュッときつく彼の舌先を締め付けてきた。

内部で舌を蠢かせ、脚を下ろして再び愛液が大洪水の割れ目に戻ってクリトリスに吸い付いた。

さらに左手の人差し指を、唾液に濡れた肛門に潜り込ませ、右手の二本の指も膣口に押し込み、それぞれ前後の穴の内壁を小刻みに擦ってやった。

「アア……、す、すごい……!」

感じる三カ所を同時に攻められ、真矢子が激しく喘ぎ、前後の穴できつく指を締め付けてきた。

幹男は執拗にクリトリスを舐め回し、肛門に入った指を蠢かせ、膣内の指では天井のGスポットも圧迫してやった。

するると愛液の量と収縮が高まり、

「お、お願い、入れて……」

真矢子が声を詰まらせて哀願してきた。

幹男も待ちきれないほど高まっているし、どうせ一度の射精では済まないのだから、まだしゃぶってもらっていないが一度挿入することにした。

舌を引っ込め、前後の穴からヌルッと指を引き抜くと、膣内にあった二本の指の間は愛液が膜を張り、攪拌されて白っぽく濁った粘液にヌラヌラとまみれていた。指の腹は湯上がりのようにふやけてシワになっているが、肛門に入っていた指に汚れの付着はなく、爪にも曇りはなかったが生々しく悩ましい微香が感じられた。

幹男は身を起こして股間を前進させ、幹に指を添えて先端を割れ目に擦り付けた。そして充分にヌメリを与えてから位置を定め、ゆっくりと正常位で膣口に押し込んでいった。

ヌルヌルッと滑らかに根元まで埋まり込むと、

「アアッ……！」

真矢子がビクッと身を弓なりにさせて喘ぎ、キュッと締め付けてきた。

幹男も肉襞の摩擦と温もりを味わい、股間を密着させて身を重ねた。

胸で巨乳を押しつぶしながら、すぐにもズンズンと股間を突き動かしはじめると、彼女も股間を突き上げて動きを合わせた。

「ああ、気持ちいい……」

彼が高まって言い、まずは一気にフィニッシュを目指そうと勢いを付けると、意外にも彼女が動きを止めたのだ。

「お願い、お尻を犯してみて……」

意外な言葉に思わず動きを止めると、どうやら本気のようでレンズの奥から彼女が熱っぽく見上げていた。

「大丈夫かな」

「ええ、してみたいの……」

言うので身を起こし、いったんヌルッと引き抜いた。見ると割れ目から大量に漏れる愛液が、肛門の方までヌメヌメと潤わせていた。

「じゃ、無理だったら言って下さいね」

幹男が興奮を高めて言うと、彼女は自ら両脚を浮かせ、白く豊満な尻を突き出して抱えた。

彼は愛液に濡れた先端をピンクの肛門に押し当て、呼吸を計りながらゆっくり潜り込ませていった。

真矢子も口呼吸をして括約筋を緩め、ズブズブと受け入れていった。

「あう……」

「大丈夫ですか」

「来て、もっと奥まで深く……」

気遣って囁くと、真矢子が息を弾ませて言うので、幹男も美熟女の肉体に残った最後の処女の部分を味わい、根元まで挿入してしまった。

可憐な襞が、今にも裂けそうなほどピンと伸びきって光沢を放った。

やはり膣口とは感触が異なり、さすがに入り口はきついが中は思っていたより楽で、ベタつきもなく滑らかだった。

そして深々と押し込むと、股間にひんやりした豊満な尻の丸みが心地よく密着して弾力が伝わった。

「つ、突いて、強く何度も……」

真矢子も初体験に顔を上気させて言い、彼は様子を見ながら小刻みに腰を突き動かしはじめた。

「アア……、いい気持ち、中に出して、いっぱい……！」

真矢子が声を上ずらせてせがみ、彼も次第にリズミカルに律動を開始した。

彼女も緩急の付け方に慣れたのか、たちまち動きは滑らかになった。

しかも真矢子は自ら巨乳を揉みしだいて乳首をつまみ、空いている割れ目を指で擦りはじめたのである。

やはり冷徹な見た目とは異なり、相当に欲求を溜め込んでいたのだろう。

愛液を付けた指でクリトリスを擦ると、クチュクチュと淫らな音がして、膣と連動するように直腸内も収縮を強めた。

幹男も摩擦快感と締め付けに高まり、やがて初めての感触で急激に昇り詰めてしまった。

「い、いく……！」

大きな快感に口走りながら、熱い大量のザーメンをドクンドクンと勢いよく注入した。

「あう、熱いわ、出ているのね、もっと出して……！」

噴出を感じた真矢子も口走り、とうとうガクガクとオルガスムスの痙攣を開始してしまったのだった。

もっとも肛門の感覚のみならず、自ら擦っているクリトリスで昇り詰めたのかも知れない。

内部に満ちるザーメンで、さらに律動がヌラヌラと滑らかになった。

幹男は心ゆくまで快感を嚙み締め、最後の一滴まで出し尽くしていった。

そして満足しながら動きを弱めていくと、

「アア……」

真矢子もアナルセックス初体験に満足したように声を洩らし、グッタリと熟れ肌の硬直を解いていったのだった。

荒い呼吸を繰り返しながら彼が身を起こすと、引き抜こうとしなくてもヌメリと締め付けでペニスが押し出され、ツルッと抜け落ちた。

「あう……」

真矢子が異物を排出し、ほっとしたように声を洩らした。

幹男は、何やら自分のペニスが美女の排泄物にでもなったような興奮を覚えたものだった。

見ると裂けることもなく、蕾が一瞬丸く開いて滑らかな粘膜を覗かせたが、見る見るつぼまって、元の可憐な形状に戻っていったのだった。

4

「さあ、オシッコしなさい。中も洗い流さないといけないわ」

バスルームで互いの全身を流し、甲斐甲斐しくペニスを洗いながら医者らしく真矢子が言った。

幹男も回復しそうになるのを堪えながら、懸命に息を詰めて尿意を高めると、ようやくチョロチョロと放尿することが出来た。

出しきると、彼女がまた念入りにボディソープで洗ってくれ、湯で流すと屈み込んで、消毒するようにチロリと尿道口を舐めてくれた。

「あう……」

その刺激で、我慢できず彼自身はムクムクと鎌首を持ち上げていった。

「まあ、もうこんなに……」

「ね、真矢子先生もオシッコして」

床に座って言い、目の前に彼女を立たせ、片方の足を浮かせてバスタブのふちに乗せた。

「アア……、いいのね、出ちゃうわ……」

真矢子も興奮の中で口走り、下腹に力を入れて尿意を高めてくれた。

割れ目を舐めると、もう恥毛には湯上がりの匂いしか籠もっていないが、すぐにも新たな愛液が溢れて舌の動きが滑らかになった。

すると、たちまち柔肉が迫り出し、温もりと味わいが変わった。

「あう、出る……」

彼女が息を詰めて言うなり、チョロチョロと熱い流れがほとばしってきた。

舌に受けて味わうと、今日も味と匂いは実に淡く控えめで、抵抗なく喉を通過していった。

「アア……」

真矢子は喘ぎながら、次第に勢いを付けて放尿してくれた。

口から溢れた分が胸から腹に温かく伝い、すっかりピンピンに回復したペニスが心地よく浸された。

間もなく流れが治まると、彼は残り香の中で余りの雫をすすり、割れ目内部を舐め回した。また新たな愛液が溢れて淡い酸味のヌメリが満ち、

「も、もうダメ……」

真矢子が言って脚を下ろすと、クタクタと座り込んできた。

それを支えてもう一度シャワーを浴び、

「ね、今度は前に入れたい」

言って立ち上がると互いに身体を拭き、すぐにも全裸で布団に戻っていったのだった。

やはり真矢子も、正規の場所で絶頂を得たいのだろう。

彼が仰向けになると、真矢子も開いた股間に腹這い、顔を寄せてきてくれた。

そして幹男の両脚を浮かせ、まず肛門をチロチロと舐め回し、ヌルッと潜り込ませてくれた。

「く……」

幹男は呻き、肛門でキュッと美熟女の舌先を締め付けた。

舌だから良いが、ペニスが入るのは相当にきついのではないか。彼は感心しながら舌の感触を味わった。

真矢子が内部で舌を蠢かすと、完全に回復したペニスがヒクヒクと上下した。

ようやく脚を下ろすと彼女は陰嚢をしゃぶり、ペニスの裏側を舐め上げて先端まで来ると、スッポリと喉の奥まで呑み込んでくれた。

「アア、気持ちいい……」

幹男は、快感の中心部を美熟女の最も清潔な口腔に包まれ、快感に喘ぎながら幹を震わせた。

「ンン……」

彼女も熱く鼻を鳴らしながら吸い付き、ネットリと舌をからめてくれた。

熱い鼻息が恥毛をくすぐり、真矢子は顔を小刻みに上下させ、濡れた口でスポスポと強烈な摩擦を繰り返した。

「ね、唾を飲み込まずお口に溜めておいて……」

幹男は言い、もうしばらく彼女の愛撫を受け止めていた。

そして充分に高まると、

「い、いきそう……」

言いながら真矢子の手を引いた。彼女もスポンと口を引き離し、唇をつぼめて前進してきた。

「飲ませて……」

舌を出してせがむと真矢子も微かに眉をひそめながら、形良い唇から白っぽく小泡の多い唾液をトロトロと吐き出してくれた。

それを受け止めて味わい、生温かなシロップで喉を潤した。

「おいちい……」

言うと真矢子は小さくクスッと笑い、そのまま上からピッタリと唇を重ね、ヌルッと舌を挿し入れてきた。彼も舌をからめ、滑らかに蠢く美熟女の舌を執拗に舐め回した。

そして真矢子は彼の股間に跨がり、ディープキスしながら手探りで幹に指を添え、先端を割れ目に押し付けると、ゆっくり腰を沈ませてきた。

張り詰めた亀頭が膣口に潜り込むと、あとは滑らかにヌルヌルッと根元まで呑み込まれていった。

「アアッ……！」

真矢子が口を離して熱く喘ぎ、ピッタリと股間を密着させながら、やはりアナルよりこっちの方が良いという風にキュッキュッと締め付けてきた。

幹男も下から両手でしがみつきながら、僅かに両膝を立てて豊満な尻の感触を味わい、温もりと感触に酔いしれた。

真矢子は自分から擦り付けるように腰を動かしはじめ、幹男も合わせて股間を突き上げた。

胸に密着する巨乳が心地よく弾み、柔らかな恥毛が擦れ合い、コリコリする恥骨の感触も伝わってきた。

真矢子の喘ぐ口に鼻を押し付けると、本来の甘い白粉臭の吐息に唾液の香りも混じり、悩ましく鼻腔が刺激された。

肉襞の摩擦と温もりが何とも心地よく、溢れる愛液で動きが滑らかになり、互いの律動もリズミカルに一致して股間がぶつかり合った。

クチュクチュと淫らに湿った音が響き、あまりの快感にセーブすることも出来ず、彼は股間の突き上げが止まらなくなってしまった。

「ね、顔に勢いよく唾をペッて吐きかけて」

囁くと、真矢子も興奮と快感に任せ、いくらもためらわず唇に唾液を溜めるとペッと勢いよく吐きかけてくれたのだ。

「ああ、気持ちいい。こんな綺麗な先生が、人の顔に唾を吐くなんて……」

「アアッ！　い、いく……！」

言うと、たちまち真矢子は声を上ずらせ、ガクガクと狂おしいオルガスムスの収縮を開始してしまった。

「しゃぶって、唾でヌルヌルにして……」

幹男も高まりながらせがむと、真矢子も身悶えながら彼の鼻にしゃぶり付き、唾液でヌルヌルにまみれさせてくれた。

彼も激しい収縮と、かぐわしい唾液と吐息の匂いに酔いしれながら、続いて昇り詰めてしまった。

「く……!」

大きな絶頂の快感に呻きながら、ありったけの熱いザーメンをドクンドクンと勢いよくほとばしらせると、

「あう、すごい……!」

奥深い部分に熱い噴出を感じた真矢子は呻き、駄目押しの快感の中でクネクネと腰をよじった。

幹男も溶けてしまいそうな快感の中、激しく射精しながら心置きなく最後の一滴まで出し尽くしていった。

すっかり満足しながら徐々に突き上げを弱めていくと、

「アア……」

真矢子もか細く声を洩らし、熟れ肌の硬直を解いて力を抜き、グッタリと彼にもたれかかってきた。

まだ膣内は名残惜しげな収縮が繰り返され、刺激されたペニスがヒクヒクと過敏に跳ね上がった。

「も、もうダメ、感じすぎるわ……」

すると彼女も敏感になっているように声を洩らし、キュッときつく締め上げてきた。

幹男は美熟女の重みと温もりを味わい、かぐわしい吐息を嗅いで鼻腔を満たしながら、うっとりと快感の余韻に浸り込んでいった。

5

「友里子さんからラインが来ていたわ。痩せたので、実家や同窓生たちから驚かれて、スターでも帰ってきたみたいに歓迎されてるって」

大学の帰り、夕刻に屋敷を訪ねた幹男に、香凛が言った。彼も、やはり肉体の大部分が再生されたせいか、この雰囲気ある屋敷が好きなのである。

「そう、それは良かった。もう実家で旨いもの食ってもリバウンドしないだろうしね」

幹男は答え、もちろん快楽が目的で来たので、早くも痛いほど股間が突っ張ってきてしまった。それは香凜も承知しているので、すぐにも彼を寝室に招いてくれた。

「私も大満足。念願だった、男も女も食べることが出来て」

「それでも、まだずっと大学生でいるんだね？」

「ええ、人間界が好きだから、このまま卒業して就職するわ」

香凜が言い、自分から脱ぎはじめた。

幹男も手早く全裸になり、超美女の匂いの沁み付いたベッドに横になった。

間もなく香凜も、甘ったるい匂いを揺らめかせて一糸まとわぬ姿になり、添い寝してきた。

彼は甘えるように腕枕してもらい、温もりと匂いに包まれた。

「もう、食べるのは気が済んだの？」

「ええ、よほど望まれない限りは」

「僕の時も、友里子さんのようにバスルームであんなふうに？」

「そうよ。身体中隅々まで」

「ああ、録画しておいてほしかった……」

幹男は興奮に息を弾ませ、香凜の甘ったるい汗の匂いの籠もる腋の下に鼻を埋めて酔いしれた。

「もう一度身体中食べて欲しい」

「幹男さんは、もう六割以上再生しているのだから無理」

「そう、残念……」

彼は答え、行為に専念することにした。

腋を嗅ぎながら息づく乳房を揉み、顔を移動させてチュッと乳首に吸い付き、舌で転がした。

「アア……」

香凜も熱く喘ぎ、クネクネと身悶えながら仰向けの受け身体勢になった。

彼も上からのしかかり、左右の乳首を含んで舐め回し、白く滑らかな肌をたどっていった。

臍を探り、顔中を下腹に押し付けて弾力を味わい、腰から脚を舐め降りた。

何しろ前回の3Pでは、友里子がメインだったから香凜とは交わっていないのである。だから今日はじっくり隅々まで、運命の出会いをしたこの世のものならぬ超美女を味わおうと思った。

足裏を舐め回し、指の股に鼻を割り込ませて嗅ぐと、今日も朝から動き回っていたらしい香凜のそこは、生ぬるい汗と脂にジットリ湿り、蒸れた匂いが濃厚に沁み付いていた。

幹男はムレムレの匂いを貪ってから爪先にしゃぶり付き、全ての指の間に舌を挿し入れて味わった。

「あう……」

香凜が呻き、くすぐったそうに唾液に濡れた指先で彼の舌を挟み付けた。

幹男は両足とも、全ての指の股を味わい、味と匂いが薄れるほど堪能し尽くしたのだった。

そして大股開きにさせ、脚の内側を舐め上げ、白くムッチリした内腿をたどって股間に迫っていった。

割れ目には熱気と湿り気が籠もり、はみ出した花びらはヌラヌラと清らかな蜜に潤っていた。指で広げると、花弁状に襞の入り組む膣口が息づき、小さな尿道口も見え、包皮の下からは光沢あるクリトリスが顔を覗かせ、ツンと突き立っていた。

内臓は異世界に繋がっているのに、見た目は完全に人の女性である。

幹男は吸い寄せられるように香凜の股間に顔を埋め込み、柔らかな恥毛に鼻を擦りつけて嗅いだ。

隅々には、腋に似た甘ったるい汗の匂いが籠もり、それに蒸れたオシッコの匂いも混じって悩ましく鼻腔を刺激してきた。

彼はうっとりと胸を満たしながら舌を挿し入れ、生ぬるく淡い酸味のヌメリを掻き回し、膣口からクリトリスまで舐め上げていった。

「アアッ……、いい気持ち……」

香凜がビクッと顔を仰け反らせて喘ぎ、内腿でキュッときつく彼の両頬を挟み付けてきた。

幹男はチロチロと執拗にクリトリスを刺激しては、新たに溢れてくる愛液をすすり、さらに両脚を浮かせて尻の谷間に迫っていった。

薄桃色の可憐な蕾に鼻を埋めると、やはり蒸れた匂いが沁み付いて鼻腔を刺激してきた。

彼は貪るように嗅いでから舌を這わせ、細かに震える襞を濡らしてヌルッと潜り込ませ、滑らかな粘膜を探った。

「く……」

香凜が呻き、キュッときつく肛門で舌先を締め付けてきた。

幹男は内部で舌を蠢かせ、淡く甘苦い味覚を感じながら顔中で弾力ある双丘を味わった。

ようやく脚を下ろし、再び割れ目に戻って大洪水の愛液をすすり、クリトリスに吸い付いていった。

「今度は私が……」

すると香凜が身を起こして言い、彼も移動して仰向けになった。

彼女はまだペニスに向かわず、友里子と二人で愛撫してくれたときのように、まず幹男の乳首にチュッと吸い付いてきた。

熱い息で肌をくすぐられ、舌がチロチロと蠢くと、

「ああ、噛んで……」

幹男はクネクネと悶えながらせがんだ。彼女もキュッと歯を立てて刺激してくれ、両の乳首から脇腹をたどって股間に迫ってきた。

大股開きになると香凜は真ん中に腹這い、まず彼の両脚を浮かせて尻の丸みもキュッと噛み、肛門を舐めてからヌルッと潜り込ませてきた。

「あう、気持ちいい……」

幹男は呻き、モグモグと美女の舌先を肛門で締め付けた。

彼女は充分に舌を蠢かせてから脚を下ろし、陰嚢をしゃぶって睾丸を転がし、肉棒の裏側をゆっくり舐め上げてきた。

滑らかな舌先が先端まで来ると、粘液の滲む尿道口をしゃぶり、張り詰めた亀頭から根元までスッポリと呑み込んでいった。

「アア……」

幹男は快感に喘ぎ、超美女の口の中でヒクヒクと幹を震わせた。

香凜も幹を丸く締め付けて吸い、熱い息を股間に籠もらせながら、まるで舌鼓でも打つように舌の表面と口蓋で亀頭を挟み付けた。

しかも彼女は歯を膣へ移動させたため口から歯がなくなり、滑らかな歯茎まで幹をキュッキュッと擦ってきた。

唇と歯茎と舌、強い吸引と生温かな唾液のヌメリ、さらには顔を上下させる滑らかな摩擦で、彼は急激に高まっていった。

「い、いきそう……、入れたい……」

彼が絶頂を迫らせて言うと、香凜もチュパッと口を離して顔を上げ、前進してペニスに跨がってきた。

唾液に濡れた先端に割れ目を押し付け、位置を定めると息を詰めてゆっくり腰を沈み込ませていった。

張り詰めた亀頭が潜り込むと、あとはヌルヌルッと滑らかに根元まで呑み込まれ、互いの股間がピッタリと密着した。

「アアッ……、いいわ……！」

香凜が顔を仰け反らせて喘ぎ、彼の胸に両手を突っ張って上体を反らし、グリグリと股間を擦り付けてきた。幹男もきつい締め付けと熱いほどの温もり、大量の潤いと肉襞の摩擦に包まれながら快感を噛み締めた。

やがて彼女が身を重ねてきたので、幹男も両手を回して抱き留め、膝を立てて弾力ある尻を支えた。

彼の胸にムニュッと乳房が密着し、香凜が上からピッタリと唇を重ね、舌をからめながら徐々に腰を動かしはじめた。

幹男も合わせてズンズンと股間を突き上げると、すぐにも動きが一致して滑らかになり、ピチャクチャと湿った摩擦音が聞こえ、溢れる愛液に互いの股間が生ぬるくビショビショになった。

「ンン……」

香凜は熱く鼻を鳴らして舌を蠢かせ、彼も滑らかに動く舌を味わい、滴る唾液でうっとりと喉を潤した。もちろん口には歯が戻っているので、挿入している膣口に硬いものは触れていない。

「アア、いい気持ち、いきそうよ……」

香凜が口を離して熱く喘ぎ、収縮を活発にさせていった。

その口に鼻を押し込んで嗅ぐと、熱く湿り気ある息が甘く匂い、うっとりと胸に沁み込んできた。それは見知らぬ国の花のように、何とも妖しく悩ましい匂いだった。

すると彼女も幹男の心を読んだように、顎の先まで伸びるカーリーの長い舌を顔中に這い回らせてくれた。

「ああ、いい……」

幹男も、唾液と吐息の匂い、生温かなヌメリに顔中ヌラヌラとまみれながら高まっていった。

「噛んで……」

さらにせがむと、香凜も彼の唇や花、頬にまで綺麗な歯並びをキュッときつく食い込ませ、咀嚼するようモグモグと蠢かせてくれた。

もちろん力を宿しているので、どんなにきつく噛まれて歯形が印されようともすぐに癒えて痕は残らない。

「ああ、美女に食べられている……」

幹男は甘美な刺激に包まれながら喘ぎ、とうとうそのまま激しく絶頂に達してしまった。

「い、いく……！」

大きな快感に口走りながら、熱い大量のザーメンをドクンドクンと勢いよくほとばしらせると、

「あ、熱いわ、いく……、アアーッ……！」

噴出を感じた香凜もオルガスムスのスイッチが入ったように声を上げ、ガクガクと狂おしい痙攣を開始したのだった。

幹男は心ゆくまで快感を味わい、最後の一滴まで出し尽くしていった。

そして満足しながら突き上げを弱めていくと、

「ああ……」

香凜も声を洩らし、肌の強ばりを解いてグッタリと体重を預けてきた。

互いに動きを止めても、まだ膣内の収縮は繰り返されていた。

彼はキュッキュッと締め上げられるたびにヒクヒクと過敏に幹を震わせ、超美女の甘い吐息を嗅ぎながら、うっとりと快感の余韻を味わった。

(これから、僕と香凜に、どんな未来が待っているんだろう……)

幹男は荒い息遣いを整えながら、自分の力を生かして将来を決めていこうと思いを馳せたのだった……。

*この作品は、書き下ろしです。また、文中に登場する団体、個人、行為などは実在のものとはいっさい関係ありません。

二見文庫

僕《ぼく》が初《はじ》めてモテた夜《よる》

著者　睦月影郎《むつきかげろう》

発行所　株式会社 二見書房
東京都千代田区神田三崎町2-18-11
電話　03(3515)2311［営業］
03(3515)2313［編集］
振替　00170-4-2639

印刷　株式会社 堀内印刷所
製本　株式会社 村上製本所

落丁·乱丁本はお取り替えいたします。
定価は、カバーに表示してあります。

ISBN978-4-576-20166-5
https://www.futami.co.jp/

二見文庫の既刊本

深夜の回春部屋

MUTSUKI,Kagero
睦月影郎

スナックで飲んでいた64歳の純二は、めまいがして転倒。目覚めてみると若い頃のママが！ ここは昭和54年、彼がまだ素人童貞の時代だった。「やりなおしたい！」強烈に思った彼は、令和時代までの体験と記憶を駆使し、ママをはじめさまざまな女性に迫る——東スポ大好評連載「甦れ性春！」に書下し「淫ら老人日記」を併録した、精力V字回復官能エンタメ！